Highland Hero

Coverbild:

©nazarov.dnepr@gmail.com-depositphotos.com

Bibliografische Information der Deutschen Nationalbibliothek: Die Deutsche Nationalbibliothek verzeichnet diese Publikation in der Deutschen Nationalbibliografie; detaillierte bibliografische Daten sind im Internet über dnb.dnb.de abrufbar.

Herstellung und Verlag:
BoD – Books on Demand, Norderstedt

ISBN: 9783749432356

Mala Miller

Highland Hero

Die Sklavin des Highlanders

Als Fiona erwachte, war es noch dunkel. Leise seufzend kuschelte sie sich tiefer zwischen die Felle. Gut, dass zumindest diese warm genug waren, um der kalten Nacht in den Highlands zu trotzen. Komm schon, weiterschlafen, sagte sie sich. Morgen ist viel zu tun, ich muss Mutter helfen, die Spuren von heute Abend zu beseitigen. Dann fiel ihr ein, dass es für sie vielleicht das letzte Festmahl am Hof ihrer Eltern gewesen war. In wenigen Tagen schon würde sie in den Süden reisen, um Robert von Colquhoun zu heiraten. Es war eine große Ehre für sie und sie sollte dankbar sein, aber sie konnte sich kaum etwas Schlimmeres vorstellen. Mehrmals hatte sie damit gedroht, wegzulaufen und dafür Ohrfeigen von ihrer Mutter kassiert, aber sie wusste zu gut, dass sie sich letztendlich fügen musste, um die Ehre ihrer Familie nicht zu beschmutzen und kein Leben in Armut und Schande zu führen, als Mätresse eines Highlanders oder auch als Straßenhure ...

Ob sie Lomack den Barden dazu bringen konnte, sie in ihrer neuen Heimat in Luss am Loch Lomond aufzusuchen und für sie ihre Lieblingsballade Matty Groves zu singen? Oder vielleicht besser ein anderes Stück. Was würde ihr Ehemann wohl davon halten, wenn sie sich ein Lied wünschte, in dem Lord Arnold die Affäre seiner Frau aufdeckte und sowohl sie als auch ihren Liebhaber tötete? Besser, sie wünschte sich die alte Ballade Willy Of Winsbury ...

Wie es wohl sein würde, Roberts Frau zu sein? Er war reich, hatte sie gehört, der Reichste der Colquhouns. Sie würde ein gutes Leben auf seiner Burg haben, mit zahllosen Bediensteten, und angeblich besaß er auch eines dieser faszinierenden, neuen Instrumente, Dudelsack oder so ähnlich, die angeblich so laut waren, dass man sie nur draußen spielen konnte. Aber Robert galt auch als humorlos und streng und er war bereits zweimal verwitwet, beide Frauen waren im Kindbett gestorben und er wünschte sich nichts sehnlicher als einen Erben, den sie ihm schenken sollte. Sie hatte Tante sagen hören, dass Robert sie vor allem deswegen ehelichen wollte, weil ihre Schwester Mairin bereits drei Jahre in Folge drei gesunde Kinder zur Welt gebracht hatte. Oh Gott. Sicher würde er sie ständig besteigen, um sicherzugehen, dass sie auch wirklich bald schwanger würde, sicher war sie nicht mehr als eine Zuchtstute für ihn.

Oh Colin, dachte sie voll Wehmut. Ihn hatte sie heiraten wollen, aber er war unerreichbar fern ... Sie spürte, wie sich ihre Augen mit Tränen füllten, aber sie wollte nicht mehr weinen. Was geschehen ist, ist geschehen, sagte sie sich. Du musst tapfer sein und auf Gott vertrauen, dann wird alles gut werden.

Tief sog sie die kühle Luft ein und runzelte die

Stirn. Wieso roch es so stark nach Pferd und Schweiß? Sie hatte ihre Reitkleidung doch extra auf die andere Seite des Raumes gehängt ... In dem Moment legte sich eine große, schwere Hand auf ihren Mund und ließ sie erstarren.

„Keinen Laut", knurrte ihr eine fremde, tiefe Männerstimme ins Ohr. Zugleich spürte sie kalten Stahl an ihrer Kehle. „Schön hinsetzen."

Sie gehorchte zitternd, während sich ihre Gedanken überschlugen. Ein fremder Mann in ihrem Zimmer! Und er redete merkwürdig, es schien niemand aus der Burg zu sein. Vielleicht einer ihrer Gäste aus dem MacDonalds-Clan? Was hatte er mit ihr vor? Wollte er sie hier in ihrem eigenen Bett schänden? Ihr Magen krampfte sich zusammen. Alles, nur das nicht ... Bitte, wollte sie flehen, bitte, tu mir nicht weh, doch sie konnte sich nicht rühren ...

„Du kommst mit mir mit", raunte er ihr zu. „Du ziehst deinen Mantel an und dann machen wir gemeinsam einen schönen Ausritt ..."

Er lockerte seinen Griff und sie nutzte die Gelegenheit, um den Mund zu öffnen und laut zu schreien. Er schien jedoch damit gerechnet zu haben, schon stopfte er ihr ein Bündel Stoff in den Mund und zurrte es mit einem Tuch fest. Sie versuchte, nach ihm zu schlagen, doch er packte ihre Hände und band sie mit einem rauen Strick auf den Rücken, dann zerrte er sie auf die Füße, legte ihr ihren schweren Reitmantel um, warf sie sich über die Schulter und stapfte aus dem Raum.

Mit den gefesselten Händen konnte sie überhaupt nichts ausrichten, sie wollte schreien und konnte nicht, also trat sie wild um sich, doch das schien ihn nicht im Geringsten zu stören. Rasch schritt er die Treppe hinunter in den Innenhof der kleinen Burg. Sie hörte lautes Schnarchen. Der Wächter lehnte an der Mauer und schlief seinen Rausch aus. Gestern Nacht hatten die Männer schwer gefeiert, das musste dieser Mistkerl ausgenutzt haben, wer immer er war! Das Burgtor war jedoch sicher geschlossen und es würde auffallen, wenn er es öffnete, das Quietschen war meilenweit zu hören ... Doch ihr Entführer dachte nicht daran, das Tor zu öffnen. Stattdessen eilte er die steinernen Stufen nach oben, die zum Wachgang führten. An einem weiteren schlafenden Wächter ging es vorbei zu einer Aussparung in den Zinnen. Ehe sie es sich versah, packte der Fremde ein Seil, das dort an einem Haken befestigt war und ließ sich daran herunter, während sie noch immer über seiner Schulter baumelte.

Bald darauf spürte sie Wasser, erst an ihren Füßen, dann an ihren Beinen, schließlich an ihrer Hüfte. Großer Gott, sie waren in den Burggraben geraten, er wollte sie doch nicht ertränken? Ihr Entführer schlug ihren Mantel hoch, sodass nur ihr Kleid nass wurde und stapfte ungerührt durch das eiskalte Wasser bis an das andere Ufer, wo er den Mantel wieder nach unten schlug.

Sie roch Pferde und wenig später gelangten sie tatsächlich an eine Stelle zwischen den Bäumen, wo zwei Pferde standen. Eines der Tiere wieherte hell zu Begrüßung. Eine großgewachsene Gestalt stand schweigend daneben.

„Nichts wie weg", knurrte der Entführer und legte sie quer über das Pferd, sodass ihr Kopf und ihre Arme auf der einen und die Beine auf der anderen Seite der Pferdeschulter herunterbaumelten. Schon schwang er sich hinter ihr auf das Tier. Im Schritt ging es ein Stück durch den Wald.

Fiona spürte noch immer kalte Wassertropfen auf ihren Beinen. Gut, dass sie den Mantel trug, der wärmte zumindest etwas. Wer war dieser Mann, der sie entführt hatte und was wollte er von ihr? Dem würde sie aber etwas erzählen, wenn sie nur wieder frei war ...

In dem Moment spannte sich das Pferd an und verfiel in einen schnellen Galopp. Ihr wurde schlecht. Sie mochte Pferde, sie behauptete von sich, gut reiten zu können, aber nicht so, kopfüber baumelnd! Übelkeit stieg in ihr auf, sie begann zu würgen und musste erbrechen, doch der Knebel hinderte sie daran, sie hustete und würgte, atmete durch die Nase, bekam trotzdem keine Luft. Auf einmal fühlte sie, wie sie gepackt, auf den Boden verfrachtet und auf die Knie gedrückt wurde, der Knebel löste sich und sie spuckte einen Schwall Erbrochenes aus und übergab sich dann direkt noch einmal.

„Hier!" Der Entführer hielt ihr eine Flasche mit kaltem, klarem Wasser an die Lippen. Sie trank gierig und sammelte sich und als er sie losließ, begann sie zu schreien, so laut sie konnte.

„Du kannst plärren, soviel du willst", grinste der Fremde. „Hier wird dich niemand hören."

„Wer zum Teufel bist du?", brüllte sie. „Und was willst du von mir?"

„Mein Name ist Kieran MacGregor", antwortete er knapp.

Oh. Bisher hatte sie vor allem Wut verspürt auf ihren Entführer, jetzt stieg Angst in ihr hoch. Ein MacGregor. Ein Pferdedieb und Leuteschinder. Wehe dem, der diesem räuberischen Clan in die Hände fiel. Sie metzelten jeden nieder, der sich ihnen in den Weg stellte. Von diesem Mann durfte sie keine Gnade erwarten.

„Und du bist Fiona Campbell, die Verlobte des Robert von Colquhoun and Luss."

Sie musste schlucken.

„Weißt du, was dein sauberer Verlobter vor zwei Monaten getan hat?"

„Nein", sagte sie fest.

„Er hat meinen kleinen Bruder George bei der

Jagd überfallen und hingemetzelt, mitsamt seinen Jagdburschen und Gefolgsleuten."

Kein Wunder, die MacGregors waren vogelfrei. So etwas geschah immer wieder.

„Und da dachte ich mir: wie kann ich am besten Rache an ihm und seinen Freunden vom Campbell-Clan nehmen? Was trifft ihn am meisten in seiner männlichen Ehre?

„Und was?", fragte sie grimmig.

„Wenn ich seine Verlobte zu meiner Hure mache."

Ihr Magen krampfte sich zusammen. Dieser ungehobelte, stinkende Räuber, Strauchdieb und Mörder wollte sie in sein Bett zerren?

„Also schaffe ich dich jetzt auf meine zugige Burg, die nicht so schön sauber und bequem ist wie die deines Onkels, aus der ich dich entführt habe, oder die deines verhinderten Verlobten. Keine gemütliche Feuerstelle für dich, keine schönen Bettdecken und Felle, stattdessen wirst du dich eng an mich kuscheln müssen, wenn du nach Wärme verlangst."

„Den Teufel werde ich tun", sagte sie kalt und spuckte auf den Boden.

„Das werden wir sehen", grinste er kalt. „Und jetzt, auf!" Er packte sie am Arm und zerrte sie auf die Füße.

Sie wusste, sie hatte nur eine Chance, wenn sie überleben wollte: sie musste mitspielen, sich gehorsam zeigen und ihm bei der erstbesten Gelegenheit den Schädel einschlagen. „Ich würde es bevorzugen, auf dem Pferd sitzen, statt mit dem Kopf nach unten zu baumeln", sagte sie kühl, wie es sich für eine Frau von ihrem Stand geziemte.„Würdest du das, ja? Nun, dann ziehe ich es vor, dass du zu Fuß gehst." Er schnappte sich ein Seil und band es ihr grob um die Hüfte, dann nahm er das andere Ende in die Hand, schwang sich auf sein Tier und ließ es lostraben und sie musste sich beeilen, um ihm zu folgen. Sie streifte gerne zu Pferd durch die Highlands und legte auch hin und wieder längere Strecken zu Fuß zurück, doch das hier war eine wahre Tortur, vor allem, da es über unebenes Gelände ging und sie mit ihren Händen noch immer gefesselten Händen nicht balancieren konnte. Nicht hinfallen, sagte sie sich. Auf keinen Fall hinfallen! Also spurtete sie hinter dem Pferd her. Schon bald war sie müde und schweißgebadet, sie kämpfte sich jedoch Schritt um Schritt weiter und biss die Zähne zusammen. Kein Laut sollte von ihren Lippen kommen, sie würde es dem Kerl schon zeigen. Immer weiter und weiter ging es. Er will, dass ich falle, dachte sie. Doch ich werde ihm den Gefallen nicht tun, ich werde ... In dem Moment stolperte sie über einen Stein und fiel der Länge nach hin und natürlich dachte MacGregor nicht daran, langsamer zu tun, sondern schleifte sie eine geraume Weile hinter sich her, durch den Matsch, über Wurzeln, Stock und Stein.

Endlich blieb er stehen. „Nun, Lady?" Er lenkte das Pferd neben sie. „Was bevorzugst du jetzt?"

„Fahr zur Hölle", fuhr sie ihn an und rappelte sich mühsam auf. „Möge der Teufel aus deinem Rückgrat eine Leiter bauen und damit Äpfel im Garten der Hölle pflücken!"

Er lachte auf. „War wohl nicht genug, was?"

Und schon setzte sich das Pferd wieder in Bewegung. Eine Weile gelang es ihr erneut, hinter ihm herzulaufen, doch dann stürzte sie erneut und wurde weiter durch Schlamm des Weges gezerrt, und dann über eine Brücke in einen Innenhof einer kleinen, zugigen Burg, die überwiegend aus Holz bestand.

„Meine lieben Clansleute, begrüßt mit mir die hochgeborene Lady Campbell", rief MacGregor und sie hörte Männer und Frauen wild durcheinander reden und lachen.

Mühsam rappelte sie sich auf, so gut es ging und schoss giftige Blicke in seine Richtung. Wenn sie nur nicht mehr gefesselt wäre ... Mehrere Männer, Frauen und Kinder sahen sie an, insbesondere die Frauen wirkten dürr und ausgemergelt. Erneut fiel ihr Blick auf den großen, schweigsamen Kerl, der sie begleitet hatte. Sie stellte fest, dass sich eine Narbe quer über seine

Wange zog und es gefiel ihr nicht, dass er sie ausdruckslos musterte.

„Bevorzugst du es, dich zu waschen?", fragte MacGregor.

In dem Tonfall, in dem er das sagte, konnte es nicht freundlich gemeint sein.

Schon trat er zu ihr heran und schnitt ihr die Fesseln durch. Sie rieb ihre geschwollenen und blutigen Handgelenke. Ihr ganzer Körper schmerzte. Doch das würde sie ihm nicht zeigen. Sie war eine Campbell und eine Lady und dachte nicht daran, vor diesem Viehdieb zu kriechen.

Er riss ihr den Mantel von den Schultern. In ihrem Unterkleid stand sie im Innenhof der kleinen Festung, während die Frauen und Männer sie interessiert musterten.

„Komm, Magd", fuhr er sie an, packte sie an den Haaren und zwang sie zum Wassergraben, wo er sie hineinstieß.

Sofort ging sie komplett unter, fand aber Halt unter den Füßen und kam prustend und spuckend wieder an die Wasseroberfläche. Das kalte Wasser biss in ihren geschundenen Körper, dazu sank sie ein Stück in den schlammigen Boden ein, sodass das Wasser ihr fast bis zum Hals ging.

„Komm!" Er kauerte auf der Zugbrücke und hielt ihr mit diabolischem Gesichtsausdruck die Hand hin.

Sie zeigte ihm die kalte Schulter und kroch

stattdessen zum Ufer, wo sie sich aufrichtete und langsam und möglichst würdevoll aus dem Wasser stieg.

Er blickte sie kalt an. „Komm her, Magd", befahl er.

Sie war erschöpft und verletzt, sie würde nicht weit kommen, wenn sie versuchte, zu fliehen.

„Willst du meinen Zorn spüren?"

Da drehte sie sich um und lief in den Schatten der Wälder. Ihr gesamter Körper schmerzte bei jedem Schritt, dazu war sie barfuß. Es war hoffnungslos, sie wusste, dass die keine Chance hatte, aber sie konnte sich nicht einfach in ihr Schicksal ergeben und sich diesem Mann ausliefern, es ging nicht, das erlaubte ihr Stolz nicht. Also lief rannte sie weiter und immer weiter, ignorierte ihre brennende Lunge und die immer stärker werdenden Schmerzen, bis sie über eine Wurzel stolperte und der Länge nach hinfiel. Einen Moment blieb sie liegen. Da hörte sie Schritte. Mühsam erhob sie sich und wollte weiterlaufen, doch schon hatte MacGregor sie eingeholt und zog sie erneut an den Haaren. Sie legte ihre Hand um ihren Haaransatz und trat nach ihm, doch natürlich war er viel stärker und nicht so erschöpft wie sie. Mühelos wich er ihrem Schlag aus und verpasste ihr zwei Ohrfeigen, die sie beinahe niederwarfen. Tränen der Wut und des Schmerzes traten in ihre Augen, als sie darum rang, nicht hinzufallen. Schon packte er sie wieder an den Haaren und zerrte sie unter den Blicken seiner Männer zurück zu seiner Burg. Weit war sie nicht gekommen, stellte sie erschöpft fest.

Das nasse, dreckige Kleid klebte an ihrem Körper, einer der Männer pfiff grinsend durch die Zähne.

„Eine hübsche Verlobte hat Robert da, nicht wahr?", grinste MacGregor. „Es wird mir großes Vergnügen bereiten, sie zu zähmen." Er zog sie durch den Innenhof in die Küche, wo eine alte Frau in einem Topf rührte, der über einer Feuerstelle hing.

„Du wirst unserer Köchin Mairin zur Hand gehen", sagte er kalt. „Du wirst schuften bis aufs Blut. Deine einzige Chance, diesem Martyrium zu entkommen, besteht darin, das Bett mit mir zu teilen. Natürlich werde ich dich nicht zu meiner Frau machen, aber als Hure magst du mir dienen. Ich bin gespannt, wie lange es dauern wird, bis du angekrochen kommst, sauber, nackt und auf den Knien."

„Niemals", knurrte sie und spuckte auf den Boden.

Er verpasste ihr schallende eine Ohrfeige und ließ sie allein mit der Köchin, die sie aus zusammengekniffenen Augen musterte. „Eine Campbell, wie?", ächzte sie. „Stehst gut im Futter, was? Oh, du wirst hungern, wie wir alle hungern, seit dein verbrecherischer Clan uns drangsaliert. Aber sicher wirst du noch heute Abend deinem Herrn das Bett wärmen."

„Niemals", knurrte Fiona mit zusammengebissenen Zähnen und kassierte die nächste Ohrfeige.

Niemals, dachte sie verbissen, während sie den alten rostigen Kessel schrubbte.

Niemals, als sie in der Nacht nahe den Glutresten der Feuerstelle auf dem harten Küchenboden kauerte.

Niemals, als sie beim ersten Morgengrauen dadurch geweckt wurde, dass die Köchin ihr mit dem Fuß in die Rippen trat.

Niemals, als sie später am Tag den Innenhof fegte, den großen Saal mit frischen Binsen auslegte und die Brotreste, die ihr die resolute Köchin ihr hinwarf, vom Boden aufheben musste.

Niemals würde sie nachgeben und die Hure dieses ehrlosen Schufts werden.

Die folgenden Tage bestanden aus einem endlosen Martyrium, aus harter, schmutziger Arbeit, groben Worte, quälendem Hunger und endlosen Beleidigungen und Hohn von MacGregor und seinen Leuten. Einzig Logan, der Mann mit der Narbe, beteiligte sich nicht daran. Er war der Anführer der Wache und MacGregors rechte Hand und er war ihr besonders unheimlich, weil sie, im Gegensatz zu allen anderen Männern, überhaupt nicht einschätzen konnte, was er über sie dachte.

Manchmal hoffte sie, Robert oder auch ihr Onkel und ihr Vater würden kommen und sie befreien, doch sie wussten doch nicht, wohin Fiona mitten in der Nacht verschwunden war.

Oft genug hatte sie über ihren Verlobten geschimpft und dafür Ohrfeigen ihrer Mutter kassiert, oft genug hatte sie mit ihrem Vater darüber gestritten, dass sie den alten Mann niemals heiraten würde. Sicher vermuteten sie, dass sie heimlich davongelaufen und in den Hügeln der Highlands einem Verbrechen zum Opfer gefallen war. Vielleicht hofften sie es auch, denn alles war besser als eine ehrlose, geschändete Tochter.

Wieder einmal fegte sie den Hof, als ein fremder Reiter durch das Tor ritt. Er stieg ab und musterte sie überrascht. „Nanu, dich kenne ich ja noch gar nicht. Wer bist du denn, meine Hübsche?"

„Alistair!", rief MacGregor freudig, der in diesem Moment aus dem Haus getreten kam. „Endlich!"

„Wer ist das?", fragte der Neuankömmling noch einmal.

„Das ist Lady Fiona Campbell", grinste MacGregor. „Ich richte sie gerade zu meiner Hure ab."

Der Fremde zog die Augenbrauen nach oben, dann gingen die Männer in den großen Saal zurück und Fiona musste Berge von Gemüse schälen und dabei helfen, mit knurrendem Magen unzählige Speisen aufzutragen, von denen sie höchstens die Reste der Reste würde essen dürfen. „Die Hochgeborene Campbell soll mir die Füße waschen", grinste Alistair.

„Bringe Wasser für unseren Gast", befahl MacGregor.

Sie überlegte kurz, ob sie ihm gehorchen sollte, und beschloss dann, es zu tun. Wenn sie sich weigerte, würde sie nur Schläge kassieren und sie musste all ihre Kräfte sammeln, um fliehen zu können. Mit zusammengebissenen Zähnen schleppte sie Wasser herbei und wusch dem Gast die Füße. „Geiler Hintern", schnaufte dieser. „Einen guten Fang hast du da gemacht, Cousin. Ich würde sie Tag und Nacht vögeln."

„Ich warte, bis sie zu mir kommt und mich anfleht, sie in mein Bett zu lassen", grinste MacGregor.

Logan saß nur schweigend daneben, wie er es immer tat.

„Diese Campbells sind verflucht stolz", schnaubte Alistair. „Du solltest nicht zu lange warten, so jung ist sie auch nicht mehr."

Das Mahl dauerte endlos, nach dem Essen floss der Alkohol in Strömen und Fiona war froh, als ihre Dienste nicht mehr benötigt wurden und sie sich endlich zur Ruhe an das Feuer legen durfte. Kaum hatte sie sich niedergelegt, als sich eine Hand auf ihre Schulter legte.

Sie fuhr herum und setzte sich auf.

Alistair musterte sie forschend im Feuerschein.

Sie warf ihm einen finsteren Blick zu. „Verschwinde", knurrte sie.

„Eine echte Wildkatze, hm? Ich werde dich für Kieran zähmen." Er lachte und packte sie an der Schulter.

Sie wusste sofort, was er von ihr wollte, wich seiner Hand aus und sprang auf.

Wieder lachte er. „Ich sehen schon, wir werden viel Spaß miteinander haben."

Sie griff hinter sich und nahm ein großes Messer vom Tisch.

„Oh, wer wird denn gleich", schnurrte er und griff nach ihrem Arm. Sie packte die Klinge und stieß zu. Blut tropfte von seinem Arm zu Boden, er schrie auf. „Verdammte Hure!"

„Was ist los?" Einer der Knechte polterte in die Küche.

Fiona nutzte die Gelegenheit, packte das Messer fester, schlug einen Haken um die Männer und stürmte nach draußen. Gehetzt blickte sie sich im Innenhof um. Ein Krieger kam auf sie zu. Rasch eilte sie zur Leiter und erklomm die Stufen nach oben.

„Haltet sie fest, sie hat mich angegriffen!", brüllte Alistair.

Fiona erreichte die Burgmauer. Schon eilten zwei Krieger auf sie zu. Da kletterte sie rasch auf die Brüstung und ließ sich in die Tiefe fallen.

Hart schlug sie auf der Wasseroberfläche auf und ging sofort unter, zum Glück fand sie jedoch schnell festen Boden unter den Füßen. Sie richtete sich auf und nahm die Arme zu Hilfe, um möglichst schnell ans Ufer zu gelangen, währenddessen hörte sie, wie die Männer auf der Mauer brüllten und auf sie zeigten.

Ein lautes Knarren zeigte an, dass die Zugbrücke hinuntergelassen wurde.

Sie kämpfte sich auf das Trockene und begann, zu laufen, das Messer noch immer in der Hand. Sie eilte durch tiefstes Gebüsch, sprang über Gräben, watete durch Bäche. Weg von hier, nichts wie weg von den verbrecherischen MacGregors. Sie würde alles tun, wenn sie nur überlebte, auch den grässlichen Robert heiraten.

Es wurde langsam heller, die Sonne ging auf. Über kahle Hügel eilte sie kopflos vorwärts. Doch schon bald hörte sie Hunde bellen und dann auch das Getrappel von Hufen. Rasch eilte sie auf den nächsten Wald zu, doch er war zu weit weg und die Reiter schon zu nah, allen voran MacGregor, gefolgt von Alistair.

Da blieb sie stehen und umfasste die Messerklinge fester. Kampflos würde sie sich nicht ergeben.

Die Reiter umkreisten sie, MacGregor rief die Hunde zurück und blickte auf sie hinunter. „Genug gerannt?", fragte er.

Alistairs Arm war dick verbunden. Er blickte sie kalt an, trieb sein Pferd auf sie zu. „Ich werde dich lehren, mich mit einem Messer zu bedrohen", sagte er kalt.

„Alistair." MacGregors Stimme klang kalt und befehlsgewohnt.

„Die Schlampe soll büßen", fuhr dieser auf und stieg ab.

MacGregor stieg ebenfalls ab und schritt auf sie zu.

„Ich werde nicht zulassen, dass einer von euch mich noch einmal anfasst", keuchte sie und holte aus.

„Nein!", brüllte MacGregor und stürzte zu ihr hin, doch zu spät, schon stieß sie sich das Messer in den Hals. Blut spritzte, ihre Hand färbte sich sofort dunkelrot.

MacGregor riss ihr die Klinge aus der Hand und stieß sie hart zu Boden, er zerriss sein Hemd und drückte ihr den Stoff fest an die Kehle.

Sie blickte in seine blauen Augen und dann in den blauen Himmel, der sich über ihnen spannte.

Hastig verband er ihren Hals, dann legte er ihren Arm um seine Schulter, hob sie hoch und trug sie zu seinem Pferd. Er setzte sie auf den Rücken des geduldig wartenden Tieres und schwang sich dann hinter sie und legte den Arm um sie.

Ihr Kopf lehnte an seiner Schulter, sie fühlte sich müde und leer.

„Sie muss bestraft werden", hörte sie Alistair grollen. „Sie hat mich angegriffen."

„Und warum?", fragte MacGregor. „Was hast du nachts in der Küche gemacht? Sie ist eine Campbell, aber sie steht unter meinem Schutz. Ich habe sie auf meine Burg gebracht, ich entscheide, was mit ihr geschieht. Du wirst sie nicht noch einmal anfassen."

Er drängte sein Pferd vorwärts und langsam ging es zurück zur Burg, die weit unten im Tal stand.

Fiona schloss die Augen. Sie lag in den Armen ihres Todfeindes, der ihr immer nur Verachtung entgegengebracht hatte, der aber auch bereit war, sie vor seinem Verwandten zu beschützen. Sie hatte keine Kraft mehr, sich darüber zu wundern.

Auf der Burg angekommen, landete sie nicht auf dem kalten Küchenboden. Stattdessen trug Kieran sie die breite Treppe nach oben durch den großen Saal in einen Raum, in dem sie noch nie gewesen war. Behutsam legte er sie auf ein gewaltiges Himmelbett und entfachte umständlich ein Feuer im Kamin, dann kehrte er zu ihr zurück, setzte sich neben sie und begutachtete ihren Hals. „Die Wunde schließt sich, aber du hast viel Blut verloren. Du bleibst hier liegen und rührst dich nicht." Er seufzte schwer. „Du bist ziemlich stur, nicht wahr? So stur, dass du lieber sterben würdest, als dich schänden zu lassen. So stur, dass du lieber in der Küche schläfst als zu mir ... in mein Bett ..." Er verstummte, blickte ihr einen Moment lang tief in die Augen, schüttelte den Kopf. „Ich bin auch stur, aber ... Nun gut. Ruh dich erst einmal aus."

Wenig später schlief sie ein und sie schlief so tief wie schon lange nicht mehr.

Als sie erwachte, saß Kieran auf einem Stuhl und schlief neben ihr. Sie richtete sich auf. Das wäre die Gelegenheit, nach dem Dolch in seinem Gürtel zu greifen und ihm den Garaus zu machen. Doch sie zögerte. Er hatte sie schlecht behandelt und sie vor allem am ersten Tag verspottet und gequält, er hatte sie zu seiner Hure machen wollen, aber er hatte sie nicht geschlagen und sie nicht gewaltsam in sein Bett gezerrt, sondern sie sogar noch gegenüber Alistair verteidigt. Er hatte sie in seinen Armen gehalten und sie in sein Bett gelegt und sie verbunden und jetzt schlief er da zusammengekrümmt in seinem Stuhl, um sie nicht zu stören ...

Er öffnete die Augen, hob den Kopf, blickte sie

an, streckte sich. „Du bist wach. Wie geht es dir?"

„Gut", krächzte sie.

„Nicht reden", befahl er. „Ich lasse dir Suppe bringen."

Damit verschwand er aus dem Raum. Wenig später kam Catriona, die Dienstmagd und flößte ihr tatsächlich etwas Suppe ein.

Bald darauf kehrte MacGregor zurück, setzte sich erneut auf den Stuhl, blickte sie an und seufzte. „Die letzten Monate war ich blind vor Hass und Wut auf Robert, den Mörder meines Bruders. In meinem Zorn war mir nichts mehr heilig, ich ließ mich sogar dazu hinreißen, eine Frau zu entführen. Ich wollte, dass du leidest, Fiona, ich wollte ihn damit bestrafen, dass ich dich in mein Bett hole und dich erniedrige, dass ich seine Braut zu meiner willigen Hure mache. Doch ich hatte nicht damit gerechnet, dass du so stur und dickköpfig bist und dass du lieber sterben würdest, als ... Es war Unrecht, dich zu entführen, und ich werde dich nicht weiter hier festhalten. Wenn du willst, bringe ich dich zu Robert."

Sie benötigte einen Moment, um sich zu sammeln. Damit hatte sie wirklich nicht gerechnet. „Ich bin entehrt", krächzte sie. „Robert wird mich nicht mehr heiraten wollen."

„Du musst ihnen ja nicht sagen, dass du hier warst." Er zuckte die Achseln. „Erzähle ihnen ...

Was weiß ich ..."

„Dass ich weggelaufen bin", überlegte sie laut. „Sie würden es mir glauben, ich habe oft damit gedroht."

„Wirklich?" Er legte die Stirn in erstaunte Falten.

„Ich wollte Robert nie heiraten", seufzte sie. „Er ist alt und sucht lediglich eine Zuchtstute für seinen lange ersehnten Erben. Aber niemand fragt eine Frau nach ihrer Meinung."

„Auch die meisten Männer heiraten nicht aus Liebe."

„Aber sie haben ihre Mätressen, Huren und Mägde, mit denen sie sich vergnügen, wenn ihnen ihre Ehefrau nicht gefällt."

Er zuckte die Schultern. „Wenn du nicht zu Robert willst, dann geh eben zu deinem Vater oder deinem Onkel. Sie werden dir ein Dach über dem Kopf geben. Wenn du dich gesund fühlst, kannst du aufbrechen. Solange kannst du weiter hier schlafen."

Drei Tage saß sie in der Kemenate und dachte nach. Als sie in der vierten Nacht hörte, wie Kieran die Tür zu seinem Zimmer schloss, atmete sie tief durch. Dann streifte sie ihr Kleid ab, schritt aufrecht durch den kalten Flur zu seinem Zimmer und ließ sich auf die Knie fallen. Ihr Herz pochte laut in ihrer Brust. Doch, sie wollte das tun. Sie würde alles tun, damit er sie nicht fortschickte. Er war ein MacGregor, ein Todfeind, der sie zu seiner Hure hatte machen wollen und sie erniedrigt hatte, und der trotz allem Mitleid für sie empfand und sie gehen ließ, ein Mann, der es ihr erlaubte, eine eigene Entscheidung für sich selbst zu treffen.

Sie klopfte.

„Ja!", rief er ungehalten.

Sie öffnete die Tür und kroch in den Raum hinein, so, wie er es ihr befohlen hatte.

„Was ..." Er fuhr aus dem Bett und sprang auf. „Was machst du da?"

Sie blickte ihm offen ins Gesicht. Wonach sah es denn aus? Sie konnte sich ein leichtes spöttisches Lächeln nicht verkneifen.

Er schüttelte den Kopf. „Fiona ... Soll das heißen ... Gott, du holst dir da den Tod! Komm!" Er schloss die Tür, packte sie an der Hand, half ihr beim Aufstehen und führte sie nah zum Feuer. Sie setzte sich auf das Bett.

„Du bist eiskalt ..." Er schüttelte noch einmal den Kopf. „Das heißt jetzt ..."

„Ich gehöre dir", sagte sie einfach. Erneut ließ sie sich auf die Knie nieder und öffnete die Verschnürung seiner Hose und zog sein Glied hervor, das sich sofort aufrichtete und hart wurde, vor allem, als sie ihn in den Mund nahm.

Er stöhnte laut und tief, als sie ihn mit ihrer

Zunge liebkoste und an ihm saugte, sie schaukelte sich vor und zurück, um ihn möglichst tief in sich aufzunehmen und er warf den Kopf zurück und erfüllte ihren Mund mit seinem heißen Samen. Sie schluckte alles herunter.

„Das war gut!", seufzte er. „Aber jetzt komm unter die Decke."

Sie gehorchte und schlüpfte neben ihn, drückte ihren Körper an seine warme Brust und genoss die Liebkosungen seiner starken, zärtlichen Hände. Ihr Herz klopfte laut.

„Du zitterst ja", seufzte er und drückte sie noch fester an sich. Dann lachte er auf. „Ich dachte, du bist eine keusche Jungfrau." Seine Hände wanderten zwischen ihre Beine und sie zuckte zusammen.

„Ich bin auch noch Jungfrau", stieß sie nervös hervor.

„Das kann ich nicht recht glauben", meinte er träge. „Ich habe noch nie eine Jungfrau erlebt, die so gierig nach meinem Glied gegriffen und mich so innig befriedigt hat."

„Mein Cousin hat es mir beigebracht", erwiderte sie voll Scham. „Nachts schlich er sich öfter in meine Kammer und zeigte mir, was Männern gefällt. Er meinte, es wäre gut, wenn ich das schon vor der Ehe wüsste."

Er lachte auf, aber es klang nicht sonderlich humorvoll. „Ich kann mir vorstellen, dass er das dachte, sicher hat er es auch sehr genossen. Es war sicher schrecklich für dich, so von ihm heimgesucht zu werden."

„Nein, nein", murmelte sie. „Ich habe Colin geliebt und ich hätte ihn geheiratet, aber ... Er durfte nicht, mein Vater plante eine bessere Partie für seine älteste Tochter. Colin wollte mir keine Scherereien machen, deswegen hat er mich zwar geküsst und gestreichelt, aber nie mit mir geschlafen und dann ist er fortgegangen und hat eine Frau dem Clan der Colquhoun geehelicht, und dann ..." Sie verstummte und unterdrückte ein Schluchzen.

„Du sprichst von Colin Campbell?", fragte er.

„Ja, kennst du ihn?"

Er schwieg.

Das war Antwort genug. „Hast du ihn getötet?" Ihre Stimme klang rau.

„Nein", erwiderte er. „Nein. Mein Bruder Duncan hat Colin Campbell getötet."

Sie lag ganz still. Sein Bruder hatte Colin getötet. Und Robert Campbell seinen Bruder.

Sein Brustkorb hob und senkte sich heftig. „Unfassbar", knurrte er. „Unfassbar, dass ich mit der Frau das Bett teile, deren Verlobter meinen Bruder getötet hat. Deren Onkel meine Mutter und Schwestern vergewaltigt und umgebracht hat. Deren Onkel ... James, nicht wahr? Ich habe diesem verfluchten Bastard höchstpersönlich das

Herz aus der Brust gerissen. Die Campbells betrachten uns wie Vieh, wie Schafe, die man einfach so schlachten und niedermetzeln kann. Sie haben es auf unser Land abgesehen und uns deswegen für vogelfrei erklärt. George und ich ... Es ist viele Jahre her, ich war noch ein kleiner Junge ... Wir sind nach Hause gekommen und haben sie gefunden, die Burg in Flammen, meine Mutter lag nackt und tot auf dem Boden, der Kopf meines Vaters steckte auf einem Pfahl ... Ich hörte die Todesschreie meiner Schwester, die sie ausstieß, als sie in der Kemenate verbrannte, und ich höre sie noch immer in meinen Träumen. Damals habe ich mir Rache geschworen. Dein Vater war noch zu klein, um mitzureiten, aber sicher hätte er es getan, sicher hätte auch er sich an diesem Gemetzel beteiligt ...“

Fiona wimmerte und versuchte, sich die Ohren zuzuhalten. Nicht auszudenken, was die Campbells den MacGregors angetan hatten, nicht auszuhalten, dass der Bruder des Mannes, der ihren geliebten Colin gemeuchelt hatte, sie in seinen Armen hielt und fest an sich presste ... Und sie hatte es auch noch darauf angelegt und war zu ihm ins Bett gekrochen, statt schleunigst zu verschwinden.

„Sicher wünscht du dir, du wärst abgehauen“, knurrte er ihr ins Ohr. „Doch jetzt bist du hier in meinen Armen ...“

„Lass mich", krächzte sie, doch er hielt sie fest.

„Die Gelegenheit für mich, nach so vielen verpassten Gelegenheiten, eine Campbell zu schänden."

„Bitte", flehte sie. „Bitte ..."

„Ich werde mich nicht mit dir besudeln." Er packte sie an der Schulter und warf sie aus dem Bett. Hart schlug sie auf dem Boden auf. Einen Augenblick lang blieb sie benommen liegen. Sie hörte, wie er sich erhob und rollte sich zusammen. Er würde ihr weh tun.

Schon packte er sie am Arm und zerrte sie auf die Füße. „Verschwinde, Hure", grollte er. „Mach, dass du wegkommst. Ich will dich nie wieder sehen."

Hastig öffnete sie die Tür und eilte nach draußen, an einem der wachhabenden Krieger vorbei, der große Augen machte, an einem weiteren, in dessen Augen die Lust loderte. Sie wusste, sie war splitternackt, schutzlos, ihr Körper den lüsternen Blicken der Männer ausgeliefert.

„Lasst die Hure ziehen", donnerte die Stimme MacGregors durch den Burghof. „Gott allein wird sie richten."

Sie stürzte auf das Tor zu.

Logan stand daneben und starrte sie an. Als sie ihn fast erreicht hatte, nahm er seinen Mantel ab und warf ihn ihr zu.

Sie fing ihn auf, ohne darüber nachzudenken,

legte ihn sich um und rannte in den Wald, trat auf Steine und spitze Äste, ihre Füße begannen zu bluten, sie lief weiter, immer und immer weiter. Kieran hatte sie zwar davongejagt, aber was, wenn er es sich doch anders überlegte? Und er hatte Hunde ...

Die Sonne ging auf und sie lief langsamer, aber sie wusste, sie durfte nicht stehenbleiben. Sie hatte sich in der Richtung geirrt, sie musste in den Südwesten, wenn sie zu ihrem Vater wollte, hielt aber auf den Osten zu ... Sie beschloss, sich nach Süden zu wenden, denn dort lag das Land der Coloqhoun. Was würden sie wohl mit ihr machen, wenn sie dort auftauchte, halbnackt und zerschunden? Sie würden glauben, dass sie entehrt war, und das war sie ja auch ... Sie würde laufen, bis zur Erschöpfung, und sich in der Dunkelheit zu einem Hof oder zu einer Siedlung stehlen und versuchen, an Kleidung zu gelangen, und dann würde sie weitersehen, beschloss sie.

Sie konnte nicht mehr so schnell laufen, ihre Füße bluteten und wieder einmal schmerzte ihr ganzer Körper. Sie verharrte einen Moment, um zu verschnaufen, da hörte sie einen Hund bellen. Das kann irgendein Hund sein, der zu einem Hof gehört, sagte sie sich, doch bald darauf hörte sie mehrere Hunde gleichzeitig bellen und dazu das dumpfe Getrappel von Hufen. Nein, das durfte nicht sein, sie durften sie nicht erwischen! Hastig blickte sie sich um, sie brauchte ein Versteck, wo sie den Hunden entkommen konnte ... Dort, der große Baum! Hastig zog sie sich daran in die Höhe. Die raue Rinde scheuerte ihre Haut auf, doch sie kletterte weiter - keine Sekunde zu früh, schon brachen die Hunde durch das Unterholz, schnupperten eifrig am Stamm und bellten.

Hastig kletterte sie weiter nach oben, da kämpften sich auch mehrere Pferde durch das Buschwerk.

Sie presste sich an den Stamm und erstarrte, als sie einen der Reiter erkannte. Alistair zügelte sein Tier, blickte nach oben und sah sie. Ein wölfisches Grinsen erschien auf seinem Gesicht. „Da ist ja unsere kleine Campbell-Hure. Ich rate dir, komm herunter."

Sie hielt sich am Stamm fest und wickelte sich dabei bestmöglich in den Mantel. Niemals würde sie heruntersteigen, da musste er sie schon herunterschießen. Sie betrachtete die vier Männer, Kieran war nicht darunter. Aber er hatte deutlich gemacht, dass er sie hasste und verachtete, er würde niemals kommen und sie retten, das wusste sie. Ein junger Mann mit dunklen Haaren kam ihr allerdings bekannt vor.

„Angus hier hat mir gesagt, dass Kieran dich verjagt hat", grinste Alistair. „Er wusste, dass ich dich haben wollte, da hat er mir deinen dreckigen Kittel gebracht und es war ein Kinderspiel, dich mit den Hunden aufzuspüren. Du hast dir eine Belohnung verdient, Junge."

Ein großer, junger Kerl grinste zu ihr hinauf. Sie kannte ihn, er gehörte zu Kierans Kämpfern und hatte sie manches Mal lüstern angestarrt.

„Nun, wenn du sie vom Baum herunterschießt, kannst du sie nach mir besteigen."

Angus legte grinsend einen Pfeil an.

„Nun, Hure? Bist du sicher, dass du nicht frei-willig von diesem Baum heruntersteigen willst?", fragte Alistair lauernd. „Ah, ich vergaß, du stirbst ja lieber, als dich mir hinzugeben. Aber ich ver-spreche dir, solange noch ein Funken Leben in dir ist, wirst du der Schändung nicht entgehen."

Zitternd packte sie den nächsthöheren Ast, zog sich weiter in die Baumkrone. Der Ast knackte und brach, sie stürzt ein Stück in die Tiefe, konnte sich gerade noch an einem darunterlie-genden Ast festhalten und sich wieder nach oben ziehen. Die Männer lachten schallend.

„Wie ein nacktes, betrunkenes Eichhörnchen", grinste Alistair.

Angus legte einen Pfeil auf den Bogen und rich-tete ihn auf sie. Hastig krabbelte sie zurück zum Stamm und verbarg sich dahinter, so gut es ging.

„Angus, achte darauf, sie nicht zu töten", knurrte Alistair. „Wir werden dich schänden, jeder einzelne von uns. Als meine Hure wirst du mir zu meiner Burg folgen und dich dafür verfluchen, eine Campbell zu sein, an jedem einzelnen Tag deines Lebens."

Der junge Mann ließ den Pfeil fliegen, er bohrte sich nur ein Stück weit von ihrem Arm entfernt in den Stamm.

Erneut drang Hufschlag an ihr Ohr, zwei Pferde brach durch das Unterholz. Sie erkannte die Reiter sofort - Kieran MacGregor und Logan.

„Diesmal wirst du mich nicht aufhalten, Kieran", knurrte Alistair. „Sie ist eine Campbell und sie hat dich verhext. Ich werde ihrem Treiben ein Ende bereiten, ich werde sie von diesem Baum pflücken und sie zu meiner Hure abrichten und du wirst mich nicht noch einmal daran hindern."

MacGregor starrte mit bleichem Gesicht zu ihr hinauf, Logans Gesicht war wie immer eine starre Maske.

„Du hast dich zum Narren gemacht", fuhr Alistair fort. „Du setzt deine Ehre und die deines Clans aufs Spiel wegen dieser Hure. Du selbst hast sie entführt, um sie zu deiner Sklavin zu machen, doch du hast es nicht geschafft, ihren Stolz zu bezwingen. Sie ist geflohen und du hast dich mir widersetzt, als ich sie bestrafen wollte. Heute Morgen hast du sie Hure genannt und sie nackt aus deiner Burg geworfen und willst mich nun erneut daran hindern, ihr zu geben, was sie verdient?"

Brennender Schmerz bohrte sich in Fionas Bein, mit Entsetzen starrte sie auf den Pfeil, der in ihrem Oberschenkel steckte, Tränen traten ihr in die Augen, krampfhaft klammerte sie sich an den Stamm, alles verschwamm um sie. Der Ast schwankte unter ihr, entsetzt sah sie, wie Angus behände nach oben kletterte, sie packte und ihr einen Stoß versetzte. Sie schrie, als sie in die Tiefe stürzte. Die Zweige brachen unter ihrem Gewicht, dann schlug sie dumpf auf dem Boden auf und verlor das Bewusstsein.

Der Untergrund schwankte, als sie wieder zu sich kam. Ihr war speiübel, ihr Kopf schmerzte, als wollte er zerspringen.

„Ruhig", grollte eine tiefe Männerstimme. Kieran, durchfuhr es sie. Mühsam öffnete sie die Augen. Sie lag in seiner Schlafkammer, in seinem Bett und er saß neben ihr, auf dem Stuhl, wie schon einmal ...

„Was ist passiert?" Ihr ganzer Körper schmerzte.

Er schwieg.

Alistair, fiel ihr ein. Und seine Männer. Hatten sie sie ...? Waren sie über sie hergefallen? Sie wollte es nicht wissen. Nicht daran denken. Sie konnte sich nicht erinnern ... Sie musste es wissen. „Bin ich noch Jungfrau?" Es klang kläglich.

Er zögerte einen Moment. „Ja", knurrte er

schließlich. „Ich konnte es nicht zulassen ... Du lagst verdreht und blutend auf dem Boden, wir dachten alle, dass du tot warst. Einen Leichnam wollten sie dann doch nicht schänden, deswegen sind sie abgezogen. Ich wollte dich begraben und hatte schon damit begonnen, ein Loch zu schaufeln, als Logan bemerkt habe, dass noch Leben in dir ist, da habe ich dich wieder hierhergebracht."

„Danke", krächzte sie. „Ich danke dir. Und was machst du jetzt mit mir?"

„Was willst du, dass ich tue?", fragte er mit rauer Stimme. „Soll ich dich zu deinem Clan bringen?"

„Ich ... ich bin entehrt", murmelte sie. „Sie werden mich in ein Kloster stecken. Ich ... Ich weiß nicht, was ich will."

„Du kannst hierbleiben", knurrte er und sah ihr in die Augen.

„Ich ..."

Er zuckte die Schultern. „Ich zwinge dich nicht dazu, aber ich biete es dir an."

„Ich soll als deine Sklavin hierbleiben?", fragte sie schwach.

Er schüttelte den Kopf. „Nein. Als meine Gefährtin."

Sie fasste sich an die Stirn. Träumte sie gerade?

„Als meine Gefährtin und meine Ehefrau."

Das war alles zu viel.

„Schlaf", murmelte er. „Schlaf nur. Ich bin hier

und passe auf dich auf."

Als sie erneut erwachte, saß er noch immer an ihrem Bett. Mit ernster Miene reichte er ihr eine Schüssel Suppe und fütterte sie mit einem hölzernen Löffel. Sie erlaubte es, während ihre Gedanken rasten. Was er da zuletzt gesagt hatte ... Sie musste es geträumt haben. Sie war eine Campbell, er ein MacGregor ... Sie würden nie ... Er stellte die Schüssel zur Seite und blickte sie ernst an. „Ich habe dir etwas vorgeschlagen, bevor du eingeschlafen bist. Kannst du dich noch daran erinnern?"

Sie biss sich auf die Lippen.

„Du hast mir keine Antwort gegeben, deswegen dachte ich ... Du musst aber nicht antworten, du kannst mir auch einfach so sagen, was du möchtest."

Sie atmete tief durch. „Warum willst du mich heiraten? Fühlst du dich dazu verpflichtet, weil du mich entehrt hast?" Und während sie diese Worte aussprach, wurde ihr bewusst, wie sehr sie fürchtete, dass seine Antwort Ja lauten könnte.

Er lachte halblaut und ohne Humor auf, es klang wie ein Bellen. „Ich fühle mich geschmeichelt, dass du mir zutraust, aus solch selbstlosen und ehrvollen Gefühlen zu handeln. Tatsächlich hat Logan angeboten, dich zu heiraten."

Sie sah ihn völlig entgeistert an. Logan? Hatte

sie etwas falsch verstanden? Das konnte doch nicht wahr sein.

„Logan hat mir mehrmals zu verstehen gegeben, dass es falsch war, dass ich dich entführt habe. Und natürlich hatte er recht. Er war bereit, dich zu heiraten, und ich denke, er ist es noch immer, wenn du ihn haben möchtest."

Sie vergrub ihr Gesicht in den Händen. Das war alles zu viel. Einen Moment lang hatte sie geglaubt ...

„Fiona?" Er klang besorgt. „Bitte, sag doch etwas."

Sie fasste sich, schluckte, rutschte in eine etwas aufrechtere Position und sah ihn an. „Was möchtest du?" Ihre Stimme klang zittrig und verzagt.

Sein Brustkorb hob und senkte sich stark. „Die Campbells haben meinem Clan großes Unrecht zugefügt, aber das ist nicht deine Schuld. Es tut mir leid, dass ich dich entführt habe und grausam zu dir war. Ich bin mir nicht sicher, ob du mir vergeben kannst, was ich dir angetan habe und auch nicht, ob du mir und meinem Clan vergeben kannst, dass wir dir deinen Cousin genommen haben. Ich fühle mich verpflichtet, dich bei mir aufzunehmen, und das werde ich tun, wenn du es willst, und ich werde dir meinen Segen geben, wenn du Logan ehelichen möchtest, der sich immer ehrenhaft dir gegenüber verhalten hat. Aber ich wünsche mir nichts sehnlicher, als dass du meine Frau wirst, Fiona, weil ich dich liebe."

Eine Träne rollte über ihre Wange.

Er schluckte. „Ich will dich nie mehr traurig sehen, Fiona. Ich ... Sag mir, was du willst, und ich werde es tun."

Sie saß stumm da, Schluchzen schüttelte sie.

„Fiona ..."

„Halt mich fest", stieß sie hervor. „Halt mich einfach fest und lass mich nie mehr los."

Und er tat es, nahm sie in seine Arme und sie schmiegte sich an ihn, während Tränen über ihre Wangen strömten und sie weinte, wie sie seit Ewigkeiten nicht mehr geweint hatte. Es fühlte sich gut und befreiend an.

Fiona erwachte. Es war bereits hell, die Sonne schien herein. Vorsichtig streckte sie sich. Keine Schmerzen. Sie setzte sich auf. Keine Schmerzen. Sie erhob sich aus dem Bett. Ein leichtes Ziehen im Oberschenkel, das war alles. Endlich keine Schmerzen mehr. Da konnte sie genauso gut aufstehen und sich nützlich machen.

Kieran hatte sie gerettet, gegen den Willen seines Clans. Sie schuldete ihm viel. Nicht auszudenken, was ihr widerfahren wäre, wenn Alistair sie entführt hätte und nicht er ... Aber er hatte gezögert, als sie ihn gefragt hatte, ob sie noch Jungfrau war. Was, wenn er gelogen hatte? Was, wenn sie doch ... Sie griff nach ihrem Kleid. In dem Moment ging die Tür auf und Kieran trat ein. Erschrocken bedeckte sie mit den Händen ihre Brüste, die allzu weit aus ihrem Unterkleid quollen.

Kieran blieb wie angewurzelt stehen, die Hand noch am Knauf. Er starrte sie an und sie errötete. Er begehrte sie, das war offensichtlich. „Entschuldige ..." Er starrte sie weiter an, ohne sich zu rühren. „Ich sollte gehen ..."

Sie erwiderte seinen Blick. Sie waren noch nicht verheiratet, sie hatten damit warten wollen, bis es ihr besser ging. In den letzten Tagen hatte sie sich immer wieder vorgestellt, wie es sein würde mit ihm, er hatte sie täglich besucht, aber sie nicht noch einmal berührt. Er hatte ihr versprochen, sie zu heiraten, aber sie wollte nicht mehr darauf warten.

Langsam ließ sie die Arme sinken.

Kierans Blick heftete sich auf ihr Dekolletee, er atmete tief ein und schloss die Tür. Mit wenigen Schritten war er bei ihr. Unwillkürlich wich sie ein Stück zurück, stieß mit dem Rücken gegen die Wand. Seine Augen bohrten sich in die ihren, er schien direkt in ihre Seele zu blicken. Er roch so gut, fand sie, nach etwas Bestimmtem, Männlichen, das sie schon von Colin kannte und das ihr einen Stich versetzte, tief dort unten, einen kleinen Stich der ganz besonderen Art, der fast schmerzte, aber auch nur fast. Sie konnte kaum einen klaren Gedanken fassen, wie hypnotisiert starrte sie ihn an und verlor sich im Blau seiner Augen. Er hob die Hand und berührte sanft ihre Wange mit dem Handrücken. Ihre Lippen schienen plötzlich so trocken zu sein, einen Moment presste sie sie aufeinander, um sie dann mit ihrer Zunge zu befeuchten ...

Kieran beugte sich über sie, seine Lippen streiften die ihren, flüchtig, sanft, dann machte er jenen winzigen Schritt auf sie zu, sie spürte seinen Körper an ihrem und seinen Mund auf ihrem Mund, sie schloss die Augen, und öffnete die Lippen, nur ein kleines Stück, doch schon spürte sie seine Zunge in ihrem Mund. Er schmeckte so gut, so frisch, so männlich, sein Kuss brach über sie herein wie ein Gewittersturm und fegte sie und ihre Gefühle hinweg, jeder Widerstand, den sie verspürt haben mochte, brach weg, sie fühlte sich eins mit diesem Mann, sie wollte ihn. Rasch schlang sie ihre Arme um seinen Nacken und presste ihre Lippen fest auf die seinen, berührte seine Zunge mit der ihren und drückte ihren Unterleib an ihn. Einen Moment zuckte sie zusammen, als sie die Härte seines Glieds spürte, um sich dann sofort wieder dagegen zu drängen. Sie wollte ihn und das, was ihr so lange versagt geblieben war.

Er löste seine Lippen von den ihren, schenkte

ihr ein kleines Lächeln, ergriff ihre Handgelenk und führte sie die paar Schritte zum Bett. Sanft nahm er sie in seine starken Arme und legte sie behutsam nieder, dann setzte er sich neben sie und beugte sich zu ihr herunter. Erneut presste er seine Lippen auf ihren Mund und schob noch einmal seine Zunge dazwischen, fordernd und verlangend, dann erforschten seine Lippen und Zunge neue Ziele, wanderten zu ihrem Ohrläppchen, saugten und knabberten daran. Es kitzelte und entlockte ihr ein Kichern. Seine Lippen wanderten weiter nach unten, zu ihrem Hals und sie stöhnte auf, sie konnte nicht anders.

Seine Hände blieben währenddessen nicht untätig, sondern schoben sich unter ihr Nachthemd. Sanft glitten seine Finger über ihre Brüste, streichelten sie, kreisten um die Brustwarzen. Schon längst waren ihre Nippel hart, nur zu bereit, berührt zu werden. Dennoch zuckte sie zusammen, als er seine Finger auf sie legte, ein heißer Blitz schoss durch ihren Körper und erneut stöhnte sie auf.

Er richtete sich auf und nahm ihre linke Brust in seinen Mund, seine Lippen schlossen sich darum und saugten an ihr. Schlagartig hatte ihre Atmung nicht mehr unter Kontrolle, sie rang förmlich nach Luft, während er mit seinen Zähnen sanft an ihr knabberte. Seine Hand strich über den Stoff des Nachthemds und über ihren

Bauch, glitt tiefer, unter den Stoff, und schob sich zwischen ihre Beine. Sie seufzte auf und öffnete sie ein Stück für ihn.

Abrupt setzte er sich auf und sprang aus dem Bett. Atemlos und mit glühenden Wangen beobachtete sie ihn, wie er seine Hose öffnete und sie hastig abstreifte. Fasziniert und gleichzeitig etwas furchtsam starrte sie auf seine pralle Männlichkeit. Wie würde es sein, ihn in sich zu spüren?

Schon kniete er sich auf das Bett und spreizte ihre Beine. Doch anstatt sich mit seinem gesamten Körper auf sie zu legen, beugte er sich vor und vergrub er sein Gesicht an ihrem geheimsten Ort. Mit seinen Fingern strich er über ihren Kitzler, legte seine Lippen darauf und saugte daran, kostete und liebkoste sie, während er sie gleichzeitig streichelte. Sie erbebte unter seinen Berührungen, welch eine süße Folter! Er erregte sie, fast schon zu sehr. „Bitte, bitte!", stammelte sie, ohne zu wissen, ob sie tatsächlich darum bettelte, dass er aufhörte.

Er hörte nicht auf, stattdessen spürte sie seine Zunge an ihrer Klitoris. Hilflos war sie seinen Liebkosungen und ihren Empfindungen ausgeliefert, sie wölbte den Rücken, als die Welle der Lust heranrollte, in ihr aufstieg und sie zum Höhepunkt trieb, sie schrie auf, als sie kam, lang und intensiv, nie hätte sie eine solche Wonne, eine solche Empfindung für möglich gehalten. Allmählich verebbte die Woge, sie schloss die Augen und spürte noch ihrer Lust nach, um sie bestmöglich auszukosten, als er von ihr abließ. Er rutschte nach oben, stützte seine linke Hand rechts von ihrem Kopf ab, presste seine feuchten Lippen auf ihren Hals. Seine Hand war wieder dort unten, aber nicht allein, er rieb seinen Unterkörper an ihr, seine Augen bohrten sich in die ihren, und dann drang er in sie ein, langsam, tief. Sie spürte sein Glied deutlich in sich, es brannte leicht, als er sich vorwärts schob, vielleicht, weil er so groß war oder weil sie so aufgeregt und atemlos war. Er legte seine Lippen auf die ihren und saugte daran. Da ließ sie ihren Körper die Kontrolle übernehmen. Mit einem tiefen Stöhnen schlang sie ihre Beine um seine Hüften.

Er verharrte einen Moment, zog sich langsam zurück, um erneut vorzustoßen. Ihr Oberschenkel meldete sich protestierend, diese Klammerhaltung war er nicht gewöhnt, aber sie konnte ihn nicht loslassen, konnte nicht genug von ihm bekommen, ertrug es kaum, als er sich zurückzog, stöhnte vor Lust, als er erneut in sie stieß, tiefer und tiefer, und dann rauschte sie wieder heran, die Welle der Leidenschaft, er keuchte mittlerweile, ein dumpfes Stöhnen drang aus seine Kehle und sie kam unter ihm, die Welle schwappte über sie hinweg und ließ sie völlig erschöpft, außer Atem und hilflos in seinen Armen zurück, während er fast gleichzeitig laut stöhnend in ihr kam.

Er hielt sie fest und legte seinen Kopf auf ihre Brust, eng umschlungen blieben sie noch ein Weilchen liegen, bis er sich schließlich seufzend erhob. Sie sah ein wenig Blut an ihm, und das beruhigte sie, sie war noch Jungfrau gewesen, es musste einfach so sein.

„Gut", knurrte er. „Wir waren wohl etwas voreilig. Wir sollten das schnellstmöglich in Ordnung bringen."

„Was denn?", fragte sie bang.

Er öffnete die große Truhe, wühlte sich durch einen Berg Kleidung und zog dann ein dunkles Samtkleid hervor. „Zieh das an."

„Wofür ist das?", fragte sie schwach. Sie hatte da so eine Ahnung ...

„Für unsere Hochzeit", knurrte er. „Wir machen das jetzt gleich, bevor es Gerüchte gibt." Und er steckte den Kopf durch die Tür und brüllte durch die Gänge, dass Mairin ihren Hintern so schnell wie möglich in die Kemenate bewegen sollte.

Fiona zitterte, als sie das Kleid über den Kopf streifte. Sie würde Kieran MacGregor heiraten. Heute. Jetzt.

Es klopfte, herein trat die alte Mairin. „Ihr habt gerufen, Herr?"

„Hilf meiner zukünftigen Frau, sich für ihre Hochzeit herzurichten. Der Schmuck ist in dem Kästchen dort", knurrte er und ließ sie mit der resoluten Frau allein.

„Du lieber Gott", murmelte die Mairin.

Fiona blickte sie unsicher an. Die Köchin hatte sie mehrmals geschlagen. Was sie wohl davon hielt, dass ihre frühere Sklavin jetzt zur Burgherrin aufsteigen würde?

„Setz dich", grunzte die Köchin.

Fiona gehorchte und spürte wenig später die Hände ihrer einstigen Peinigerin auf ihrem Kopf. Mairin zog an ihren Haaren und band ihr einen neuen Zopf, so fest, dass ihre Kopfhaut spannte. Doch Fiona traute sich nicht, sich zu wehren.

„Du hast ihn verhext", knurrte die Köchin unvermittelt. „Du bist eine Campbell. Der Clan wird die Hochzeit niemals akzeptieren. Du bringst Unglück über unseren Herrn. Man sollte dich ..."

Kalte Wut stieg in Fiona auf. „Er ist nachts in meine Kammer eingedrungen und hat mich entführt. Er hat mich auf seine Burg geschleppt und wollte mich zu seiner Hure machen. Er hat mich entehrt. Er hat sich sein Unglück selbst zuzuschreiben."

Die Köchin schwieg, zog allerdings noch fester an ihren Haaren. Tränen des Schmerzes stiegen Fiona in die Augen. Ich werde mich nicht beklagen, schwor sie sich.

„Männer lassen sich allzu leicht von einer schönen Frau den Kopf verdrehen", grummelte die Köchin. Sie stand auf, wand Fiona den Zopf um den Kopf und steckte ihn mit einem wunderschön gearbeiteten Haarkamm fest. Dann verließ sie abrupt die Kammer.

Der straffe Zopf und der harte Kamm drückten und fühlten sich ungewohnt an, und Fionas Schläfen begannen schmerzhaft zu pochen, doch als sie bald darauf neben Kieran zur kleinen Burgkapelle schritt, war alles vergessen. Kieran wollte sie heiraten. Nach all den schlimmen Dingen, die ihr zuletzt widerfahren waren, wollte er sie tatsächlich heiraten!

In dem Moment hielt Kieran abrupt inne, seine Kiefer mahlten, er schien zu lauschen. Da hörte sie es auch. Hufschlag. „Wer ist das?", donnerte er.

„Alistair", tönte es von der Mauer.

„Schließt das Tor!", brüllte Kieran.

Niemand rührte sich.

„Verweigert ihr mir den Gehorsam?", fuhr er auf.

Da erschien auch schon der erste Reiter auf der Zugbrücke, gefolgt von zehn schwer bewaffneten Reitern. Fiona fuhr zusammen. Alistair. Sie umklammerte Kierans Arm. Der stellte sich schützend vor Fiona und baute sich vor seinem

Cousin auf. „Du bist hier nicht willkommen."

„Der Clan schickt mich!", entgegnete Alistair und ritt mit gezogenem Schwert dicht an Kieran heran. „Ich bin hier, um deine Eheschließung mit der Campbell-Hure zu verhindern."

Kierans Hand fuhr zu seiner Seite, doch am Tag seiner Hochzeit hatte er sein Schwert nicht umgelegt. Die Wache stand wie erstarrt. Hilfe war nicht zu erwarten. Fiona spürte, wie sich ein Arm um sie legte. Kieran zog sie fest an sich heran, gleichzeitig hob er das Kinn und blickte seinem Cousin herausfordernd in die Augen. „Wenn du sie töten willst, Alistair, musst du mich auch töten."

„Nein!", brach es aus Fiona heraus. Sie entwand sich Kierans Griff und machte einen Schritt nach vorn, auf die Spitze des Schwertes zu. Ihre Knie schlotterten, ihre Stimme überschlug sich, trotzdem schaffte sie es, ihrem Peiniger in die Augen zu sehen und zu rufen: „Dann töte mich und mach allem ein Ende. Aber lass mich dir sagen: Kieran ist ein edler und guter Clansmann, der selbst seinen Feinden gegenüber noch Milde und christliche Nächstenliebe walten lässt. Du bist nicht wert, dass er dir das Wasser reicht."

Er spuckte vor ihr aus. „Und du bist nichts als eine Hure. Verhext hast du meinen Cousin. Deswegen sollst du sterben."

„Oh nein. Ich soll sterben, weil du mich

begehrst und weil ich mich dir widersetzt habe. Von Anfang an hast du mir nachgestellt und dich verhalten wie ein wildes Tier. Kieran hat mich verschleppt und gedemütigt, aber er hat sich mir in keiner Weise aufgezwungen, wie du es getan hast. Vor ein paar Wochen wollte ich lieber sterben, als mich ihm zu unterwerfen. Niemals wäre ich seine Hure geworden. Aber er hat mein Herz berührt, er hat mir Milde und Güte gewehrt, mehr als sonst irgendjemand in meinem Leben. Stolz und froh wäre ich deswegen die Ehe mit ihm eingegangen. Du hingegen hast mich gehetzt und zum Sterben liegengelassen. Nun mach all dem ein Ende und töte mich, wenn es das ist, was du begehrst. Aber ich verfluche dich und deine Untaten. Möge der Zorn Gottes über dich kommen und dich hinwegfegen von dieser Erde!"

Zorn flammte in Alistairs Augen auf, er hob den Arm mit dem Schwert. Sie schloss die Augen.

„Halte ein, Alistair MacGregor", rief in dem Moment eine volltönende Männerstimme. „Im Namen Gottes, halte ein."

Alistair blickte auf.

Fiona öffnete die Augen, drehte sich um und gewahrte den Priester, der vor der kleinen Kapelle stand, neben ihm Logan und die Magd Catriona.

„Was willst du?", brüllte Alistair wütend.

„Halte ein in deinem Wüten. So steht geschrieben: Was aber Gott verbunden hat, das darf der Mensch nicht trennen. Und ich habe gerade in Anwesenheit dieser beiden Zeugen das Eheversprechen über unserem Herrn Kieran MacGregor und der edlen Fiona Campbell gesprochen."

Alistair klappte die Kinnlade herunter.

„Ich wiederhole die heiligen Worte unseres Herrn gerne noch einmal", rief der Priester feierlich. „In unserem heiligen Buch, das Gott der Herr Moses gegeben hatte, steht geschrieben: Es sprach Gott, der Herr: Es ist nicht gut, dass der Mensch allein ist. Ich will ihm eine Hilfe machen, die ihm ebenbürtig ..."

„Genug davon", fuhr Alistair ihn an. „Genug mit dieser Farce. Ich werde ..."

„Legt an!", brüllte Logan in dem Moment.

Alistair wurde bleich, als mehrere Krieger von den Mauern aus ihre Pfeile und Bögen auf ihn und seine Männer richteten.

„Ihr verschwindet besser und lasst euch hier nie wieder blicken", knurrte Kieran.

Alistair öffnete den Mund, als wollte er etwas erwidern, dann wendete er sein Pferd und preschte durch das Burgtor davon und seine Reiter folgten ihm.

„Hoch lebe unser Herr Kieran MacGregor und seine edle Frau Fiona", brüllte Logan und alle Anwesenden stimmten in seinen Jubel ein.

Kierans Arm legte sich wieder um Fiona. Sie blickte zu ihm auf und sah, dass er Tränen in den Augen hatte.

„Sie mag eine Campbell sein, aber sie hat Mumm", knurrte Logan. „Sie wäre für dich gestorben. Von welcher Frau kann man das schon behaupten?" Damit wandte er sich ab.

Der restliche Tag verging für Fiona wie ein Traum. Der Priester erzählte noch einmal von Adam und Eva und wiederholte noch einmal seine Segenssprüche. In den Armen ihres Mannes lauschte sie seinen Worten, während Tränen über ihre Wangen liefen. Sie waren eins.

„Wacht auf, Herrin!" Catriona stand neben ihr und rüttelte sie an der Schulter, ihre Stimme war voller Panik.

Fiona schreckte hoch. „Was ist passiert? Ist etwas mit Iain?" Gleichzeitig hörte sie ein entsetzliches Kreischen von draußen. „Was ist das?", rief sie entsetzt.

„Oh Herrin, ein gewaltiges Heer nähert sich der Burg und das Gekreische stammt von großen Säcken, in die sie hineinblasen!"

Die Worte trafen sie wie ein Stich ins Herz. Rasch sprang sie auf und warf ihren Mantel über. Alistair. Ein Jahr war es her, dass sie ihm getrotzt und Kieran geheiratet hatte, vor einem Monat war ihr Sohn Iain zur Welt gekommen.

„Alistair und die MacGregors sind mit sich selbst beschäftigt", hatte Kieran ihr versichert. „Die Campbells erobern immer größere Gebiete, da können sie nicht auch noch uns angreifen."

Doch jetzt rückte das Heer heran und Kieran war nicht da ... Das Treffen mit dem MacDonalds-Clan war eine Falle gewesen, sie hatte es gleich geahnt. Sicher hatten sie ihn weggelockt, damit Alistair freie Hand hatte.

„Mein Sohn!", rief sie.

Schon drückte Catriona ihr das Baby in die Arme.

Fiona schritt nach draußen und erklomm langsam die Treppe, von der aus sie auf die Burgmauer gelangen konnte. Es strengte sie an - die Geburt hatte sie stark geschwächt.

„Nicht, Herrin", bat sie einer der Krieger, doch sie schüttelte seinen Arm ab und trat hinaus. Ihr Mut sank. Das Heer war gewaltig. Es mussten mehrere hundert Mann sein, die aus dem Wald quollen und sich rings um den Wassergraben postierten. Die Banner, die sie sah, waren jedoch nicht die der MacGregors. Sie hatte es sich schon bei dem Lärm gedacht, der noch immer zu ihnen hinüberschallte und in dem sie tatsächlich etwas wie die Melodie des Campbell-Kriegsmarches zu erkennen glaubte. In diesem Moment endlich verstummten die grellen Töne.

„Fiona", rief eine ihr nur allzu bekannte

Stimme. Schon gewahrte sie ihn. Dort unten am Wassergraben auf einer Schimmelstute saß niemand anders als ihr Bruder Lennox. Und neben ihm ... Ihr Herz setzte einen Moment lang aus. Neben ihm thronte Alistair auf seinem Rappen und zwischen ihnen kniete Kieran. Einen Moment lang blickte er zu ihr hinauf, dann starrte er zu Boden.

Schwindel überkam sie. Sie drückte ihren Säugling fest an sich. Sogleich spürte sie, wie Logan seinen Arm um sie legte, um sie zu stützen.

„Fiona, mach das Tor auf!", rief Lennox.

Sie stand da, konnte sich nicht rühren.

„Wir können dem Heer sicher einige Zeit standhalten", raunte Logan ihr zu. „Allerdings werden die Vorräte wohl nur eine Woche reichen, vielleicht zwei, wenn wir sparsam sind."

„Das da unten ist mein Bruder", stieß sie hervor.

Logan stand einen Moment wie erstarrt. „Egal, was Ihr entscheidet, wir werden euch Folge leisten."

„Schwester, öffne das Tor, sonst werde ich diesen Mann erschlagen wie einen Hund", brüllte Lennox.

„Er ist mein Ehemann", rief sie, doch ihre Stimme verklang im Wind.

„Soll ich das für Euch ausrufen?", fragte Logan.

Sie nickte schwach.

„Kieran MacGregor ist der angetraute Ehemann von Fiona Campbell, Herrin dieser Burg", brüllte Logan.

„Was aber Gott verbunden hat, das darf der Mensch nicht trennen", fuhr sie fort und Logan wiederholte ihre Worte.

Sie sah, wie sich ein spöttischer Ausdruck auf Alistairs Gesicht legte.

„Ich hätte nie gedacht, dass meine Schwester die Hure eines MacGregors geworden ist", schnaubte Lennox.

„Ich hätte nie gedacht, dass sich ein Campbell mit einem verräterischen Hund wie Alistair Mac-Gregor einlässt", gab sie zurück.

„Alistair Murray ist uns treu ergeben", tönte Lennox. „Ihm ist es zu verdanken, dass wir es geschafft haben, nahezu den gesamten MacGregor-Clan in alle Winde zu zerstreuen. Diese Burg ist eine der wenigen, die es noch zu erobern gilt. Jetzt öffne das Tor und wir werden angemessene Milde walten lassen."

„Angemessene Milde? Was heißt das? Was geschieht mit meinem Ehemann?"

„Wenn du unverzüglich das Tor öffnest, werden wir die Burgbewohner verschonen und deinen Mann durch das Schwert richten. Wenn nicht, wird er, wenn wir die Burg erobert haben, von der Mauer hängen, bis er verwest ist."

„Und wer soll anschließend über die Ländereien herrschen?"

„Die Burg geht an Alistair, als Zeichen und Belohnung für all diejenigen, die uns unterstützen."

Um Gottes Willen, dachte sie entsetzt.

„Dazu hat er um deine Hand gebeten."

Ihr wurde schlecht. „Und wenn ich ihn nicht heiraten will?"

„Du wirst dich meinem Willen beugen."

Alistairs Grinsen ließ sie schwindeln, sie taumelte wie unter einem Schlag. Logan legte seine Hand auf ihren Arm und sah sie beschwörend an. Sie fasste sich. Sie musste stark sein. Sie atmete tief durch und rief, so laut sie konnte: „Du willst also, dass ich meinem kleinen Sohn Iain, den ich hier in meinen Armen halte ... Du willst, dass ich ihm erzähle, dass sein Onkel seinen Vater ermordet hat, um seine Mutter dem Mann zu überlassen, der sie entehrt hat, indem er mehrmals versucht hat, sie zu schänden?"

Lennox runzelte die Stirn und blickte Alistair finster an. Dieser erwiderte etwas, das spöttische Grinsen in seinem Gesicht sprach Bände. Lennox blickte noch grimmiger drein.

„Was hast du Alistair zugesichert?", fragte Fiona.

„Ich habe ihm versprochen, dass er diese Burg in Besitz nehmen kann und dass keiner meiner Männer ihm ein Haar krümmen wird. Ich bin ein

Mann von Ehre, ich werde dieses Versprechen erfüllen."

Sie nickte, wechselte einen Blick mit Logan und besprach sich leise mit ihm.

„Wir öffnen das Tor, wenn du Kieran gehen lässt", rief Logan schließlich.

„Nein!", brüllte Kieran.

Sein wilder, hoffnungsloser Blick ging Fiona durch Mark und Bein.

„Ich will lieber sterben, als mit ansehen zu müssen, wie dieser dreckige Hund meine Frau anrührt, dieser ..." Ein Schlag mit der flachen Seite von Alistairs Schwert ließ ihn zusammenbrechen.

Lennox schwieg einen Moment. „Einverstanden", sagte er dann. „Wir lassen deinen Mann gehen."

Hochmütig richtete sich Alistair im Sattel auf. „Du hast mir zugesichert, ihn zu töten, Lennox. Hältst du so dein Wort?"

„Du hast die Hand meiner Schwester verlangt", gab Lennox schroff zurück. „Du hast nicht gesagt, dass du sie entehrt hast."

Alistair überlegte einen Moment, dann rief er: „Nun, meinetwegen. Trennen wir Kieran einen Arm und ein Bein ab, dann mag er kriechen, wohin auch immer er noch kriechen kann." Grinsend blickte er zu Fiona hin.

Das kann er nicht tun, dachte Fiona entsetzt.

Lennox, bitte ...

Schlagartig verschwand das Grinsen aus Alistairs Gesicht. Fiona sah, dass Logan Pfeil und Bogen ergriffen und auf ihn angelegt hatte!

„Sie bedrohen mich!", brüllte Alistair auf. „Du hast mir Sicherheit versprochen, Lennox! Du hast mir die Burg versprochen! Und du bist einer meiner Clansleute und schuldest mir Gehorsam", brüllte er zu Logan hinauf.

„Ich bin einer deiner Clansmänner, aber das hier ist mein Zuhause und Kieran ist mein Herr", erwiderte dieser kalt. „Du hingegen nennst dich jetzt Alistair Murray und hast somit unseren Clan verraten. Dazu hat Lennox Campbell hat dir lediglich zugesichert, dass seine Männer dir nichts tun werden."

„Verräterisches Pack!", brüllte Alistair und zügelte heftig seinen Hengst.

Er will fliehen, dachte Fiona überrascht.

Im gleichen Moment ließ Logan den Pfeil von der Sehne schwirren und traf Alistairs Rappen in die Flanke. Der Hengst stieg und machte einen Satz zur Seite, Alistair brüllte auf, fiel zu Boden und geriet unter die Hufe des erregten Pferdes. Lennox trieb seine Stute heran und drängte das von Schmerzen gepeinigte Tier zur Seite. Alistair lag am Boden, die Glieder verdreht, der Schädel zerschmettert. Fiona fühlte sowohl Erleichterung als auch zugleich eine tiefe Erschöpfung.

„Öffnet das Tor", befahl sie schwach.

Logan brüllte die entsprechenden Befehle, dann ergriff er sie am Arm und führte sie zurück in das Innere der Burg. „Du musst dich ausruhen", mahnte er.

Sie schüttelte den Kopf. „Ich muss in den Saal. Ich muss Lennox weiter die Stirn bieten. Es ist noch nicht vorbei." Sie drückte Catriona ihren Sohn in die Arme und ließ sich von Logan nach unten geleiten. Sie zitterte vor Anstrengung und Erregung, bemühte sich jedoch, es sich nicht ansehen zu lassen. Mit erhobenem Haupt nahm auf dem Stuhl ihres Gemahls Platz. Sofort spürte sie wieder ihre Erschöpfung, zwang sich aber zu einer aufrechten Haltung. Wenig später schritten Lennox und seine Gefolgsleute in die Halle. Sie trugen den bewusstlosen Kieran mit sich und legten ihn nahe am Feuer ab. Sofort eilte Logan zu seinem Herrn. Fiona unterdrückte den Drang, es ihm nachzutun. Kieran war in guten Händen und sie musste weiterhin Stärke zeigen. Mit einer knappen Handbewegung wies sie Lennox an, ihr gegenüber Platz zu nehmen. Er runzelte die Stirn, ließ sich aber tatsächlich auf dem Stuhl nieder.

Fiona öffnete den Mund, um die Verhandlungen zu beginnen, doch Lennox kam ihr zuvor und knurrte: „Ich kann deinem Mann nicht erlauben, weiterhin auf dieser Burg zu herrschen."

Sie nickte ruhig. „Wohl aber kannst du diese

Burg deinem Neffen Iain Campbell und seiner Mutter überlassen. Unser Blut verbindet uns auf ewig mit dir, wir werden dir die Treue halten, solange du uns hier in Frieden leben lässt. Dazu hast du auch Alistair MacGregor als Burgherrn in Betracht gezogen, du kannst also schwerlich etwas gegen einen weiteren ehemaligen MacGregor sagen. Keine Sorge - ich werde dazu sorgen, dass mein Mann einen anderen Namen annimmt."

Lange starrte ihr Bruder ins Feuer, dann endlich nickte er. „Dann sei es so."

„Du bist wach!" Zärtlich strich Fiona mit dem feuchten Tuch über Kierans Stirn. Tagelang hatte sie an seinem Bett um ihn gebangt, jetzt schien er es überstanden zu haben, das Fieber, das die schwere Kopfverletzung ausgelöst hatte, sank endlich. Sein Blick jedenfalls war klar. „Ist dein Bruder noch hier?", grollte er.

„Nein, er ist bereits abgezogen."

Er blickte finster drein und schwieg.

„Ich habe dich nicht verraten", sagte sie ruhig. „Ich habe getan, was nötig war, damit niemand sterben muss."

„Dein Bruder hat meine Clansmänner gejagt, er hat sie in alle Winde zerstreut und jeden erschlagen, der nicht schnell genug war", fuhr er auf. „Und ich muss am Leben bleiben, ehrlos, als ein

Verräter ..."

„Sag das nicht", fuhr sie ihn an. „Sei dankbar! Was deinen Clan betrifft - Logan ist mit ein paar Männern aufgebrochen, um die zu sammeln, die vertrieben wurden. Sicher sind es vor allem Frauen und Kinder, aber sie sind deine Verwandten und sie werden hier in Frieden leben können, solange sie sich nicht gegen die Campbells stellen. Ich finde, das ist viel mehr wert, als für eine unsinnige und nutzlose Fehde zu sterben. Dein Clan mag verboten worden sein, aber ich sage dir, der Tag wird kommen, an dem sich die MacGregors wieder stolz zu ihrem Namen bekennen."

Er ergriff ihre Hand und sah ihr in die Augen. „Verzeih einem alten Narren. Auch ich habe genug von diesem sinnlosem Blutvergießen. Also werde ich um des Friedens willen meinen stolzen Namen ablegen. Aber du kannst mich nicht zwingen, mich Campbell zu nennen."

„Das werde ich sicher nicht. Ich dachte an Kieran Grant? Würde dir das gefallen?"

Er zuckte die Achseln. „Ein Name ist so gut wie jeder andere."

Sie führte seine Hand an ihre Lippen und küsste sie. „Es wird alles gut sein, solange wir zusammen sind."

Er nickte knapp. „Das wird es." Und dann lächelte er, zum ersten Mal seit langer Zeit.

Verführung

Die widerspenstige Braut des Highlanders

Niemals, schwor sich Catriona, während ihre Stute brav hinter dem Pferd ihres Bruders Malcolm herzockelte. Niemals würde sie sich diesem Iain von Glencoe unterordnen. Und niemals würde sie es ihrem Vater verziehen, dass er sie wie ein Stück Vieh an den Highlander verschachert hatte. Zu deutlich gellten seine Worte noch in ihren Ohren. „Keine Widerrede, Tochter. Ich habe es beschlossen. Du wirst dich fügen."

Und so musste sie zusammen mit ihrem Ekel von Bruder zu Pferde halb Schottland durchqueren, um zu einem zugigen Schafstall im Nirgendwo zu gelangen, wo sie sich einem wildfremden Barbaren hingeben sollte.

„Dein Gemahl wird dich sehr schätzen", hatte ihr Vater versprochen. „Schließlich stehst du von deiner Abstammung her weit über ihm."

Ja, dieser verlauste Bastard sollte sich hüten, ihr etwas vorschreiben zu wollen.

„Und du solltest froh sein, dass es überhaupt einen Mann gibt, der dich noch heiraten will", hatte Malcolm sich nicht verkneifen können.

Bei diesem Gedanken biss sie die Zähne zusammen. Wie sehr hatte ihr Bruder sie doch hereingelegt.

Als ob er ihre Gedanken gespürt hätte, drehte er sich in diesem Moment zu ihr um. „Nun, Schwester?", grinste er. „Sehnst du dich schon danach, von diesem Schaftreiber bestiegen zu werden? Vermutlich hat er noch nie eine richtige Frau gesehen. Hoffentlich findet er den richtigen Eingang."

Die drei Männer, die als Begleitschutz hinter ihnen herritten, lachten schallend. Ein Blick von Malcolm brachte sie zum Verstummen. Nur er durfte so mit seiner Schwester reden. Doch natürlich hatte er es vor allem gesagt, um sie vor seinem Gefolge zu demütigen.

„Du solltest nicht ständig von dir auf andere schließen", presste sie hervor.

Er wurde augenblicklich rot und stoppte seinen Hengst abrupt. „Willst wohl noch eine kleine Abreibung, bevor wir ankommen?", zischte er. „Willst wohl, dass ich dir den nackten Hintern versohle?"

Erneut biss sie die Zähne zusammen und senkte den Blick, um ihn nicht noch weiter zu provozieren. Sie kannte ihn gut genug. Er würde es tun, wenn sie ihm noch einmal vor seinen Männern widersprach. Die Heirat mit dem Barbaren hatte nur einen Vorteil - sie würde Malcolm hoffentlich nie wieder sehen müssen. Dafür würde sie auch ihre Mutter und ihre Schwester nie wieder sehen ... Der Gedanke trieb ihr beinahe die Tränen in die Augen. Hastig biss sie sich auf die Lippen. Malcolm sollte sie nicht weinen sehen.

In dem Moment begann es wieder einmal, zu

regnen. Als ob ich nicht schon genug durchnässt und durchfroren wäre, dachte sie bitter. Hoffentlich hole ich mir nicht den Tod ... Oder ... Wer weiß. Vielleicht wäre das sogar das Beste ...

„Gute Nachrichten, Schwester", unterbrach Malcolm bald darauf ihre Gedanken. „Wir sind da."

Sie blickte auf. Zunächst sah sie einen zerlumpten Schafhirten vor sich, der sie unverhohlen anstarrte. Das wird ja hoffentlich nicht mein zukünftiger Ehemann sein, dachte sie entsetzt und blickte sich gehetzt um. Vor sich erblickte sie mehrere flache, langgezogene Gebäude mit grasbewachsenem Dach. Großer Gott, dachte sie. Das sah noch schlimmer aus, als sie befürchtet hatte. Wie konnten sie ihr das nur antun? Wie hatte ihr Vater zulassen können, dass sie, die Tochter des Earl von Rosslyn, wie eine Bäuerin in einer kleinen, stinkenden Kate hausen sollte ... Ihr Blick schweifte über die grünen Hügel. Überrascht hielt sie inne. Dort oben, inmitten der Berge, thronte eine durchaus beachtliche steinerne Festung.

Nach allem, was Malcolm ihr erzählt hatte, hatte sie tatsächlich damit gerechnet, in einem größeren Schafstall hausen zu müssen, doch das Gemäuer, das sich vor ihnen erhob, hätte sich auch durchaus in den Lowlands sehen lassen können. Die trutzigen Mauern mit den mächtigen runden Türmen wirkten so, als ob sie es mit jedem Heer aufnehmen konnten. Schade, dass sich die Burg am Ende der Welt befand ...

Die Straße vor ihnen führte durch das Dorf und wandte sich dann den Berg hinauf zu den gewaltigen Mauern der Burg und zu einer geöffneten Zugbrücke, auf der ein Reiter auf einem weißen Pferd erschien.

Ihr Herz krampfte sich zusammen. Das war sicher ihr zukünftiger Gemahl. Malcolm hatte ihn wohl auch gesehen, denn er stieß seinem Hengst die Absätze in die Flanken und trieb ihn vorwärts. Ihre Stute folgte gehorsam. Catriona zog die Kapuze vom Kopf und blickte sich um, um möglichst viel von ihrer neuen Heimat aufzunehmen. Das gesamte Dorf schien auf den Beinen zu sein. Bauersleute in einfacher brauner Kleidung verneigten sich vor ihnen, zerlumpte Kinder staunten sie an.

Erneut blickte sie zur Burg hin. Der Reiter auf dem weißen Pferd hatte sich bereits auf den Weg zu ihnen gemacht, gemächlich schritt das leuchtend weiße Tier den Hügel hinunter, gefolgt von vier weiteren Reitern. Viel zu bald würden sie sich begegnen.

In dem Moment stoppte der Reiter auf halber Höhe. Er wartet auf uns, stellte sie fest. Und zwar von einer erhöhten Position aus, damit wir noch einige Zeit zu ihm hinaufblicken müssen. Sofort hasste sie ihn noch ein bisschen mehr.

„Verfluchter Bastard", knirschte Malcolm vor ihnen, dem diese Geste natürlich ebenfalls nicht entgangen war.

Ihr Zukünftiger hatte lange blonde Haare, stellte Catriona fest, während sie sich ihm immer mehr näherten. Er schien ziemlich groß zu sein, größer zumindest als seine Männer. Er wirkte kräftig und muskulös, ziemlich stattlich, eigentlich. Seine Augen leuchteten blau. Und er wirkte deutlich jünger, als sie erwartet hatte. Sie wusste wenig von ihm, nur, dass er verwitwet war, so wie sie, und dass er ebenfalls keine Kinder hatte. Er sieht mich an, stellte sie fest und fühlte seine Blicke auf ihrem Körper. Soll er nur glotzen. Mögen ihm die Augen aus dem Kopf fallen. Sie hielt sich aufrecht. Je näher sie ihm kamen, desto intensiver leuchteten seine Augen. Er hatte sich in Schale geworfen, von zerlumpt konnte keine Rede sein. Und er war wirklich groß, größer als Malcolm. Und er sah verdammt gut aus.

Schon waren sie heran. Malcolm zügelte sein Pferd.

Die blauen Augen bohrten sich in die ihren und gingen ihr durch Mark und Bein. Keine Schwäche zeigen, dachte sie und setzte eine möglichst arrogante Miene auf.

Der Highlander wandte seinen Blick von ihr ab und fixierte stattdessen ihren Bruder. „Iain von

Glencoe", stellte er sich vor und ließ das höfliche „Zu Ihren Diensten" einfach weg. Ein ziemlicher Affront!

„Malcolm von Rosslyn", grollte ihr Bruder.

Der Highlander beugte leicht den Kopf, dann wendete er sein Pferd und trabte vor ihnen den Hügel hinauf. Seine vier Gefolgsleute ritten hinter ihm her. Widerwillig reihte sich Malcolm hinter ihnen ein. Ihre Tiere waren müde, der Abstand zu den Highlandern vergrößerte sich mehr und mehr, ebenfalls kein sonderlich höfliches Verhalten.

Wenig später ritten sie durch das Tor in den Burghof ein. Iain stieg als erster vom Pferd, dann trat er zu ihr hin und hielt den Kopf ihrer Stute, wie ein Reitknecht! Das zeugte eigentlich von sehr guten Manieren. Allerdings blickte er ihr erneut in die Augen, was sich kein einfacher Reitknecht getraut hätte, und neigte dazu leicht den Kopf. Sie hatte gute Lust, ihm eins mit der Reitgerte überzubraten. Warum konnte er sich nicht gefälligst benehmen wie der Bastard, der er war? Und wieso musste er diese intensiven blauen Augen haben, die irgend etwas in ihr zum Erbeben brachten, ganz tief in ihr ... Nein. Schluss. Er war und bleib ein Hinterwäldler von einer Burg im Nirgendwo und so würde sie ihn auch behandeln. Brüsk neigte sie den Kopf, um seine Höflichkeiten anzuerkennen und schwang sich dann von ihrer Stute. Sie unterdrückte den Impuls, sich zu recken und zu strecken und sich den schmerzenden Hintern zu reiben. Gut, dass sie zu Hause so viel hatte reiten dürfen, sonst hätte sie die Strapazen der tagelangen Reise kaum so gut weggesteckt!

Malcolm und seine Männer waren ebenfalls abgestiegen. Ein vielleicht zehnjähriger Junge erschien mit einem Tablett und mit einer klaren Flüssigkeit gefüllten Bechern. Malcolm nahm eines der Gläser und schüttete es auf einmal hinunter, die Männer folgten und auch Catriona schloss sich ihrem Beispiel an.

Der Schnaps brannte in ihrer Kehle, aber auch nicht schlimmer als zu Hause, stellte sie fest. Aber er stieg ihr sofort in die Kopf. Kein Wunder, hatte sie doch stundenlang nichts mehr gegessen. Leicht betäubt folgte sie ihrem Bruder und dem Fremden in das Innere des Burggebäudes, wo sie an einer langen Bank Platz nahmen.

„Es ist alles bereit", erhob der Highlander seine Stimme. „Die Hochzeitszeremonie kann meinetwegen direkt jetzt abgehalten werden."

„Das kommt mir sehr entgegen", knurrte Malcolm. Sein Blick wanderte abschätzig durch den dunklen Saal.

Nicht so groß wie zu Hause, aber auch nicht wesentlich zugiger, stellte Catriona für sich fest. Das Stroh, das auf dem Boden lag, wirkte frisch.

Dazu wehte ein herrlicher Duft zu ihr herüber, es roch nach geschmortem Lamm und vielerlei mehr. Etwas zu Essen wäre nicht schlecht, dachte sie bei sich. Schon allein, um das Gefühl der Betäubung abzuschütteln.

„Nun denn." Der Highlander erhob sich, Malcolm und seine Männer taten es ihm gleich und auch Catriona stand mühsam auf und stapfte hinter ihnen her zu einem flachen Gebäude an der Mauer, die sich als winzige Kapelle entpuppte. Ein Priester stand davor und bekreuzigte sich.

Iain kniete auf einer Holzbank nieder, sie tat es ihm gleich und senkte den Kopf, während der Priester in salbungsvollem Latein seine Predigt begann. Es dauerte endlos, bald schmerzten Knie und Rücken und sie verstand nur einen Bruchteil von dem, was der Mann ihr zu sagen hatte. Latein war nie ihre Stärke gewesen. Endlich war er fertig, sie erhob sich und stieß dabei mit Iain zusammen, der sich zu ihr umwandte und sie wieder mit seinen Augen durchbohrte. Sie atmete tief durch. Mag sein, dass mein Vater mich dir als Faustpfand zugeteilt hat, aber du darfst nicht glauben, dass ich dir eine brave Ehefrau sein werde, dachte sie und er schien sie zu verstehen, denn er senkte zuerst den Blick und führte sie hinaus aus der Kapelle, wo die Dienerschaft jubelte und sie hochleben ließ, während die

Hochzeitsgesellschaft missmutig und mit säuerlicher Mine durch den Burghof zum Hauptgebäude stapfte.

„Ich habe auftischen lassen", wandte Iain sich zu Malcolm. „Esst und trinkt, soviel ihr wollt."

Catriona folgte ihm in die Halle. Er blickte sie an und wies auf den Stuhl zu seiner Linken. Sie nahm Platz und blickte sich um. Im Hintergrund spielte ein blinder Mann auf einer Harfe. Sie lauschte ihm versonnen. Sie kannte und mochte diese Melodie ... Dann wurde endlich aufgetragen und sie stürzte sich hungrig auf das Essen. Es war nicht schlecht, musste sie zugeben, vielleicht nicht ganz so raffiniert wie zu Hause, aber dennoch ... Besser, als sie befürchtet hatte. Viel besser.

Der Junge vom Burghof stellte einen weiteren Schnaps neben ihr ab und sie trank gierig. Ein Rausch schien ihr alles andere als unwillkommen, würde sie doch schließlich allzu bald das Bett mit ihrem fremden Gemahl teilen müssen. Ihr Herz machte bei diesem Gedanken einen Satz.

„Was ein Fraß", lachte Malcolm neben ihr. Er hatte ebenfalls schon ordentlich dem Schnaps gefrönt. „Schmeckt so, als hättet ihr das Schaf zu oft gefickt."

Seine Männer lachten, die Männer des Highlanders hingegen sprangen auf und brüllten vor

Zorn.

„Genug!", donnerte ihr Anführer. „Setzt euch!" Dann wandte er sich an Malcolm. „Der Alkohol spricht aus dir. Du verträgst wohl nicht viel, oder?"

„Oh, ich vertrage mehr als du und deine ganze Schaffickersippschaft", grölte dieser.

Mit etwas Glück werde ich diese Nacht erneut zur Witwe, dachte Catriona. Oder ich habe einen Bruder weniger. Im besten Fall bringen sie sich gegenseitig um.

„Dann trinke noch einen mit mir", knurrte der Highlander. „Angus, mehr Schnaps!"

Die nächsten Augenblicke beobachtete Catriona mit immer größeren Augen, wie die Anwesenden einen Schnaps nach dem anderen herunterkippten. Malcolm vertrug viel, das wusste sie, der Highlander konnte allerdings durchaus mit ihm mithalten! Schon fielen nahezu gleichzeitig einer von Ians und einer von Malcolms Gefolgsleuten auf den Tisch und sanken in einen tiefen Schlummer, bald folgten auch die anderen Männer. Übrig blieben ihr Bruder und ihr Ehemann.

„Noch eine Runde", brüllte der Highlander.

„Ich mach dich fertig", murmelte Malcolm. Noch ein Schnaps, und auch er sank auf die Tischplatte.

Iain stand auf und blickte sich zu ihr um. „Folge mir, Weib", grollte er.

Sie hatte viel zu viel getrunken und blieb deswegen sitzen, wo sie saß, außerstande, ihm zu gehorchen. Da packte er sie an den Haaren und zerrte sie grob hinter sich her. Sie torkelte ihm nach, durch dunkle, spärlich beleuchtete Gänge, eine Treppe nach oben in eine kleine Kammer mit Ofen. „Das Zimmer der Lady", polterte er. „Nun denn, wir sind verheiratet. Entkleide dich für deinen Mann."

Sie taumelte an ihm vorbei, warf sich auf das Bett, schloss die Augen. Sollte er doch mit ihr tun, wonach ihm gelüstete.

Schon kam er zu ihr, das Bett bebte, schwer legte er sich auf sie, sein Kopf ruhte auf ihrem Busen. Bring es hinter dich, dachte sie müde. Doch er rührte sich nicht und begann stattdessen, leise zu schnarchen. Da wurde auch Catriona vom Schlaf übermannt.

Ein dringendes Bedürfnis und eine schwere Last auf ihrer Brust weckte sie aus tiefsten Schlaf. Der Highlander lag noch immer schwer wie ein nasser Sack auf ihr und schnarchte aus vollem Hals. Sie versuchte, ihn abzuschütteln, doch er rührte sich nicht.

Heftig schlug sie ihm auf die Wange. Er grunzte laut und schlief weiter. Da hielt sie ihm die Nase zu. Erst reagierte er überhaupt nicht, dann schlug er im Halbschlaf wild um sich. Sie nutzte die

Gelegenheit, um unter seinem Arm wegzutauchen, sich auf die Seite des Bettes zu rollen und aufzustehen, doch der Boden schwankte und sie fiel um und schlug hart mit dem Gesicht auf dem Boden auf. Über ihr schnarchte ihr Gemahl weiter. Mühsam rappelte sie sich hoch.

Wie zu Hause, verbarg sich der Abort-Erker hinter einem Vorhang. Sie erleichterte sich und wollte dann zurück ins Bett kriechen, dort hatte sich aber der Highlander ausgestreckt. Also kauerte sie sich seufzend auf das Fell vor dem Kamin. Schlaf wollte sich jedoch nicht mehr einstellen.Was für eine Hochzeitsnacht, dachte sie bitter. Doch nicht die Schlimmstmögliche. Seufzend erinnerte sie sich an ihre erste.

Sie hatte Duncan wenige Wochen vor der Hochzeit kennengelernt. Neugierig, mit glühenden Wangen hatte sie ihrer Ehe entgegengefiebert. Ein Bild von einem Mann in der Blüte seiner Jahre, selbstbewusst und stark, der Held von Argyll, der ganz allein fünfzig seiner Feinde an einem Abend getötet hatte. Er hatte sich blendend mit allen verstanden, mit ihrem Vater und auch mit Malcolm und den anderen Männern. Sie war unglaublich stolz gewesen, diesen gutaussehenden Krieger heiraten zu dürfen!

In der Nacht nach dem Festessen waren sie beide betrunken. Er führte sie in ihre Kammer, warf sie auf das Bett und entkleidete sich, dann hob er ihre Röcke, knetete grob ihre Brüste und drang in sie ein. Müde ließ sie ihn gewähren. Sie spürte weder Schmerz noch Lust, sondern nahm sein Tun einfach zur Kenntnis. Schon ergoss er sich in sie, dann rollte er sich neben ihr zusammen und schlief ein und sie folgte ihm bald in unruhige Träume. Am nächsten Morgen wurde sie davon wach, dass er erneut ihre Brüste knetete.

Der Akt an sich war ihr nicht völlig fremd gewesen. Einmal hatte sie Malcolm überrascht, der im Stall eine Magd nahm und ihr dabei den Mund zuhielt. Als er Catriona bemerkte, ließ er von der Magd ab, die errötend und kichernd das Weite suchte. „Wehe, du erzählst jemandem davon", zischte er Cartiona zu und legte seine Hände um ihren Hals. „Das bleibt unser Geheimnis. Wenn nicht, sorge ich dafür, dass Vater dich ins Kloster steckt."

Später erzählte sie ihrer Mutter davon, die jedoch nur seufzte und sie anwies, es zu vergessen. „Männer dürfen das, Frauen nicht", schärfte sie ihr ein.

Ihre ältere Schwester Maire hingegen hatte Catriona von den Schmerzen in ihrer Hochzeitsnacht berichtet und später dann von den Wonnen, die ihr Mann ihr schenkte. Der Priester hingegen hatte davor gewarnt, beim Beischlaf Lust zu empfinden, das wäre eine schwere Sünde.

Auch am Morgen nach der Hochzeit sündigte Catriona nicht. Duncan spreizte ihre Beine und nahm sie erneut. Sie wunderte sich, dass sie überhaupt nichts spürte. Und dann ritt er auch schon von ihr fort, ihr Vater hatte zum Kriegszug aufgerufen.

Ein paar Wochen später kehrte er triumphierend und ruhmreich zurück. Er ritt auf seinem Hengst in den Burghof ein und die Frauen und Männer jubelten ihm zu. Ich werde lernen, ihn zu lieben, dachte sie bewegt, während ihr Blick auf seiner muskulösen Brust ruhte. Doch im Laufe des Nachmittags musste sie feststellen, dass sie ihre Tage bekommen hatte. Traurig gestand sie es ihm am Abend. Er nickte und verschwand sofort in seiner Kammer. Bald darauf hörte sie das tiefe Stöhnen einer Frau. Catriona trat auf den Flur und lauschte. Kein Zweifel möglich - es kam aus der Kammer ihres Gemahls. Verzagt zog sie sich in ihr Bett zurück. Doch das Stöhnen und die spitzen Schreie der fremden Frau brachten sie um ihren Schlaf. Die halbe Nacht waren die beiden zugange.

Als es sie am nächsten Tag nach einem Ausritt verlangte, hörte sie erneut ein kehliges Stöhnen. Diesmal sah sie Duncan, wie er es in der hintersten Ecke des Stalles einer rothaarigen Magd besorgte. In dem Moment blickte er auf und sah sie. Sie stand da, wie erstarrt. Er grinste sie an und machte einfach weiter. Beschämt eilte sie davon.

Schon zwei Tage später verlangte der König erneut nach ihrem Vater und ihrem Ehemann und schon ritt Duncan wieder fort, ohne das Bett mit ihr geteilt zu haben.

Traurig klagte sie ihrer Mutter ihr Leid. Die zuckte nur die Schultern. „So sind die Männer", versuchte sie, Catriona zu trösten. „Beim nächsten Mal wird alles besser. Wenn du erst schwanger bist mit seinem Erben, wird sich alles ändern." Und sie hatte noch ein paar Ratschläge auf Lager, wie sie ihren Mann glücklich machen konnte.

Beim nächsten Mal verwöhnte sie Duncan nach allen Mitteln der Kunst. Sie küsste ihn und nahm sein steifes Glied in den Mund, doch er warf sie auf den Rücken, nahm sie rasch und ergoss sich in sie. „So hast du nun hoffentlich meinen Erben empfangen", schnaufte er. Schon war er wieder verschwunden. Dafür hörte sie bald wieder die fremde Frau in der Nachbarkammer stöhnen. Eifersüchtig lauschte sie, bis die Fremde zum Höhepunkt kam und aus der Kammer schlich - natürlich war es erneut die rothaarige Magd, mit der er sich vergnügt hatte und Catriona blieb verbittert und einsam zu Hause zurück.

Vom nächsten Kriegszug kehrte Duncan nicht wieder. Weniger als drei Monate nach der Eheschließung war sie so bereits wieder Witwe. Und deswegen musste sie hier auf dem Fell vor dem Kamin in einer Burg in der Mitte von Nirgendwo schlafen, den Gelüsten eines barbarischen Highlanders ausgeliefert. Und erneut nahm sie sich vor: sie würde ihre Pflicht als Ehefrau erfüllen, ihm aber auf keinen Fall in irgend einer Art und Weise entgegen kommen und keinesfalls seinen Schwanz in den Mund nehmen, und wenn er es ihr auch noch so nachdrücklich befahl. Hoffentlich kriegt er keinen hoch, dachte sie gehässig und schlief bald darauf ein.

Sie erwachte davon, dass sie jemand an der Schulter rüttelte. „Was?", murmelte sie. Verdammter Kater. Sie wandte sich um und blickte in die blauen Augen ihres Gemahls, ihr Herz schlug einen Purzelbaum und ihr Unterleib zog sich merkwürdig zusammen. Sofort aufhören, rief sie sich selbst zur Ordnung.

„Meine Lady!", grollte er. „Warum ..." Er verstummte abrupt und strich mit dem Finger über ihre Wange.

„Au!", fuhr sie auf. Das tat weh.

„Was ist mit deinem Gesicht passiert?" Er runzelte die Stirn.

Sie rieb sich die geschwollene Gesichtshälfte. Das musste vom nächtlichen Sturz kommen. „Du hast mich aus dem Bett gestoßen", blaffte sie.

„Oh. Das tut mir leid." Er sah wirklich betroffen

drein. „Komm." Er streckte ihr die Hand hin, um ihr aufzuhelfen.

Doch sie ignorierte seine Hilfe. Niemals würde sie vor ihm Schwäche zeigen.

Mühsam rappelte sie sich allein auf und tappte zurück zum Bett. Sogleich warf sie sich darauf und schloss die Augen. Sollte er doch mit ihr tun, was er wollte.

Ein Schrei gellte durch die Nacht. Der Schrei einer Frau! Dann folgte das schmerzerfüllte Gebrüll eines Mannes.

Abrupt öffnete sie die Augen und richtete sich auf. Der Highlander riss bereits die Tür auf und eilte nach unten. Sie folgte ihm langsam. Im ersten Licht des Tages begann die Burg bereits zu erwachen. In der Küche loderte bereits das Feuer. Im großen Saal stand eine kräftig gebaute Frau, die Hände in die Hüften gestemmt. An der Wand lehnte Malcolm und umklammerte mit schmerzerfülltem Gesicht seine Hand, von der Blut auf den Boden tropfte.

„Er hat mir unter den Rock gegriffen!", brüllte die Frau. Catriona rieb sich die Schläfe. Die Fremde hatte ein verdammt lautes Organ.

„Raus aus meiner Burg, runter von meinem Land", knurrte Iain. „So etwas mag üblich in den Lowlands sein. Hier ist es das nicht. Und ich will dich hier nie wieder sehen! Bringt die Pferde!"

Malcolm funkelte den größeren Highlander

böse an, dann blickte er auf Catriona. Ein spöttisches Lächeln legte sich auf sein Gesicht, als er
ihr geschwollenes Gesicht sah.

„Eine saubere Binde", knurrte Catriona.

„Er hat mir unter den Rock gegriffen", dröhnte
die Magd und Catriona, Malcolm und Iain zuck-
ten schmerzerfüllt zusammen.

„Sofort." Catriona legte alle Schärfe in ihre
Stimme, die sie an diesem frühen Morgen aufbringen konnte.

„Mir hat noch nie jemand unter den Rock
gegriffen!", fuhr die Magd in der gleichen Laut-
stärke fort und brach in schallendes Gelächter
aus.

Catriona musterte sie irritiert. Sie war groß und
kräftig und sicher nicht die Schönste aller
Frauen, aber es gab keinen Grund, warum ausge-
rechnet diese Magd nicht die Begierde von Männern erregen sollte, vor allem, wenn sie betrunken waren.

„Man merkt, dass er ein verdammter Lowlander ist!", brüllte die Magd weiter und Catriona
ahnte nun doch langsam, warum die Frau mögli-
cherweise eher selten belästigt wurde.

„Hier, Mylady." Eine junge, dürre und ziemlich
kleine Magd brachte ihr hastig ein Stück Tuch.
Gut, dass er es bei der dicken Magd versucht hat
und nicht bei dieser hier, dachte Catriona ange-
ekelt. Aber sie kannte den Geschmack ihres Bru-

ders, sie hatte ihn ja mit der Magd gesehen ... Genug davon. Sie ergriff das Tuch, trat zu Malcolm und wickelte die Binde fest um seine Hand, sodass er vor Schmerzen aufstöhnte. Dazu blickte sie ihm tief in die Augen und bemühte sich, alle Verachtung hineinzulegen, die sie aufbringen konnte. „Ich vermute, der Weg hierher wird dir zu weit sein", schnarrte sie dazu. „Lebe wohl, mein Bruder."

Und sie verzichtete auf jede Redewendung, die die Hoffnung auf ein Wiedersehen zum Ausdruck brachte.

„Ich hoffe, er fickt dich hart", knurrte er, dann polterte er durch die Halle nach draußen. Seine Männer und Catriona folgten ihm.

Mühsam bestieg er sein Pferd. Der nervöse Hengst tänzelte auf und ab, die Unruhe und Wut seines Reiters übertrug sich auf das Tier und auch auf die Pferde seiner Männer.

Sie baute sich neben dem Tor mit der heruntergelassenen Zugbrücke auf.

„Nun, Schwester." Malcolm grinste sie an. „Ich wünsche dir viel Vergnügen auf der Burg dieser Schaf..."

Catriona kannte ihren Bruder und sie kannte sein Pferd. Sie streckte die Hand aus und pikste dem Hengst ihren Finger in die Seite, genau an seiner empfindlichsten Stelle. Hastig trat sie zurück, als das Tier die Augen rollte und stieg.

Beinahe wäre Malcolm heruntergefallen. Der Hengst machte einen Satz zur Seite und galoppierte dann durch das Tor, und die nervösen Reittiere seiner Männer stoben hinterher, den Hügel herunter.

Catriona trat auf die Zugbrücke. Fall herunter und brich dir den Hals, dachte sie. Leider tat er ihr den Gefallen nicht, kurz vor dem Dorf gelang es ihm auch wieder, den Hengst unter Kontrolle zu bringen. Vielleicht besser, nicht, dass er noch jemanden niedertrampelte.

Nun denn. Sie atmete tief durch. Kopfschmerzen peinigten sie, sicher vom vielen Alkohol in der Nacht zuvor, sie hatte viel zu wenig geschlafen und ein flaues Gefühl im Magen. Aber sie war jetzt die Herrin auf dieser Burg und sie sollte schleunigst damit anfangen, ihre neue Rolle auszuführen.

Also machte sie auf dem Absatz kehrt und schritt aufrecht an Iain vorbei zurück zum Hauptgebäude.

Zuerst stattete sie der Küche einen Besuch ab. Diese erschien ihr groß genug, sie war jedoch vollgestopft mit allerlei verschmutztem Geschirr vom Vorabend. Die junge Magd, die ihr die Binden gegeben hatte, war bereits damit beschäftigt, zu waschen, aber sie war schwach und langsam und wirkte damit völlig überfordert. Die Köchin hingegen war bereits damit beschäftigt, die

Grütze für das Frühstück zuzubereiten. Sie sah müde aus und wirkte überfordert mit der Situation.

„Das Mahl gestern war sehr schmackhaft„." richtete Catriona das Wort an sie.

Die Köchin wandte sich zu ihr um. Catriona las Verblüffung in ihrem Blick. Ein Lob schien sie nur selten zu bekommen. „Ich ... Ich danke euch, Lady."

„Die Küche ist allerdings ein Saustall", fügte sie hinzu.

Die Köchin runzelte die Stirn.

„Ich wünsche, dass das Geschirr nach jedem Mahl gespült wird, auch in der Nacht", fügte sie hinzu.

„Ja, Mylady", murmelte die junge Magd, knickste und scheuerte weiter an ihrem Kessel.

„Wie heißt du?", fragte Catriona.

„Lorna, Lady."

Catriona nahm ihr den Schwamm aus der Hand und schrubbte schwungvoll über das Metall. „Lorna. Wenn du es so tust, kannst du mehr Druck ausüben und es wird leichter sauber. Siehst du?"

Die Magd starrte sie mit offenem Mund an. Dass eine Lady den Schrubber selbst in die Hand nahm, schien hier ein Novum zu sein. Gut. Ihre Mutter hatte Catriona dazu geraten. „Sei gütig zu denjenigen, die sich anstrengen und hart und unerbittlich zu denen, die sich auflehnen", hatte sie ihrer Tochter eingeschärft. „Lobe und strafe in gleichem Maße. Such dir Unterstützung, wo es geht."

Catriona gab Lorna den Schrubber zurück, nickte ihr zu und wandte sich um. In der Tür stand Iain und blickte sie mit ausdruckslosem Gesicht an. Ihr Herz schlug einen Salto. Sie ignorierte ihn und ihr Herz so gut es ging und schritt an ihm vorbei in den Saal. Hier herrschte mindestens so große Unordnung wie in der Küche. Auf dem Boden lagen noch die schmutzigen Binsen und das Stroh vom Festmahl, auf dem Tisch stapelten sich leere Gläser und Teller. Vor dem Kamin ruhte die große, dralle Magd, der Malcolm unter den Rock gegriffen hatte, und schnarchte selig mit einem Lächeln im Gesicht vor sich hin. Ihr Bruder hatte sich ihr aufgedrängt, aber sie hatte sich gewehrt und ihn bloßgestellt und sie sah nicht so aus, als ob sie einen Schock erlitten hatte und es gab verdammt noch mal viel zu tun. Catriona bohrt ihr die Spitze ihres Schuhs in die Seite. „Aufstehen", bellte sie.

Die Magd rührte sich nicht.

Grimmig marschierte Catriona in die Küche, schöpfte einen Eimer Spülwasser, marschierte zurück in den Saal und schüttete der Magd mit Schwung das schmutzige Wasser über den Kopf. Prustend und schimpfend fuhr diese hoch.

„Wie heißt du?", donnerte Catriona.

„Moira heiße ich", brüllte sie und blickte sie herausfordernd an.

„Mach den Saustall sauber, Moira", befahl Catriona. „Bis Sonnenaufgang hat hier alles zu glänzen.„

Die Magd stand auf und schüttelte sich und klaubte sich ein Stück Kohl aus den Haaren. Sie öffnete den Mund.

„Was auch immer du sagen willst - du kannst es dir sparen", schnappte Catriona. „Mach hier sauber und dann hilfst du in der Küche."

„Ich bin keine Küchenmagd." Ihre laute Stimme musste auf der gesamten Burg zu hören sein. Schmerzhaft wie ein Messer, bohrte sie sich in Catrionas verkaterten Kopf. Doch die ließ sich nicht beirren. „Jetzt schon." Damit ließ sie die Magd stehen. Ruhig trat sie hinaus auf den Burghof. Auch hier herrschte bereits Leben. Die Knechte fütterten bereits die Pferde. So schlimm es im Haupthaus der Burg aussah, so gepflegt wirkte der Burghof und die Ställe auf sie. Ganz klar - auf dieser Burg fehlte eine weibliche Hand. Nun, sie war willens und in der Lage, sich darum zu kümmern. Doch zunächst gönnte sie sich einen Moment für sich selbst, betrat den Stall und besuchte ihre Stute. Das Tier wieherte hell, als es sie bemerkte.

„Bessie", lächelte Catriona. „Wie geht es dir?

Behandeln sie dich gut?"

Die Stute schnaubte zur Antwort. Sie war sicher nicht das beste und schönste und schnellste aller Pferde, aber sie war sanft und geduldig und eine gute Freundin, ein Stück Heimat, bei der sie sich fallen lassen konnte. Sie nahm sich ein paar Augenblicke Zeit für das Tier, bevor sie sich zusammenriss, tief durchatmete und zurück zur Burg marschierte.

Im großen Saal fegte die Küchenmagd Lorna die schmutzigen Binsen zusammen. So etwas hatte Catriona sich bereits gedacht. „Wo ist Moira?", fragte sie.

„Ich ... Sie hat mir ..." Lorna verstummte und schlug die Augen nieder.

Catriona marschierte in die Küche, wo die Köchin gerade den Kessel mit der Hafergrütze vom Feuer wuchtete. „Wo ist Moira?", fragte sie.

„Weiß nicht", murmelte die Köchin gleichgültig.

„Ich werde nicht zulassen, dass sie sich weiter vor ihrer Arbeit drückt", stellte Catriona fest. Damit stampfte sie nach draußen und wäre beinahe mit dem Highlander zusammengestoßen, der an der Tür zum Saal stand und sie anstarrte.

„Wer ist hier der Burgverwalter?", fragte sie. „Wer kümmert sich um den Hof und die Ställe?"

„Das mache ich", knurrte er.

Das überraschte sie. Zu Hause hätten sich die Herren des Hauses niemals um derartige Tätigkeiten gekümmert, dafür wären sie sich viel zu fein gewesen.

„Nun, du hast eine sehr faule Magd hier mit einem sehr lauten Organ", sagte sie fest. „Im Haus kann ich mit ihr nichts anfangen. Kannst du ihr eine Tätigkeit im Burghof verschaffen?"

„Nein", grollte er.

„Warum nicht?", gab sie zurück.

Er runzelte die Stirn.

„Weil dir ihre Stimme nicht behagt und du sie nicht bei deinen Männern willst?"

Seine Augen verengten sich zu Schlitzen.

„Dann verschaffe ihr eine Tätigkeit außerhalb der Burg", schlug sie vor. „Schicke sie auf das Feld, zu den Schafen, lass sie Torf stechen oder teile sie meinetwegen dem Pfarrer zu. Ich will sie hier nicht."

„Sie gehört ins Haus. Es ist deine Pflicht, sie zur Räson zu bringen", gab der Highlander zurück. Ein Funke Spott glomm in seinem Auge.

Sie hatte Lust, ihm einen kräftigen Tritt zu verpassen, riss sich aber zusammen. „Ich kann jahrelange Versäumnisse wohl kaum an einem Tag beheben. Ich kann diese Magd nur dann zum Arbeiten antreiben, wenn ich ein Druckmittel habe. So kann ich sie im Haus nicht gebrauchen. Also wünsche ich, dass ihr eine andere Aufgabe zugeteilt wird und dass eine neue Magd eingestellt wird."

„Keine neue Magd", knurrte er.

„Das Haus ist ein Schweinestall", fuhr sie auf. „Und viel zu groß für nur eine Magd. Dazu ist Lorna ziemlich klein und schwach."

„Du wirst dann wohl selbst Hand anlegen müssen.„

„Um eine faule Magd zu schützen, verlangst du, dass deine Frau ihre Arbeit macht?" Sie schüttelte den Kopf.

In dem Moment hörte sie Schritte. Rasch wandte sie sich um und sah, wie Moira die Küche betrat. Leise folgte sie ihr. Die Magd schnappte sich eine der sauberen Schüsseln und gab Hafergrütze hinein, dann wandte sie sich um und erstarrte, als sie Catriona sah. „Oh, Mylady.„ Sie knickste. „Ich habe das Feuer in Eurer Kammer angeschürt und wollte Euch gerade diese Schüssel mit Haferbrei bringen."

„Ich hatte dir aufgetragen, den Saal zu fegen", gab Catriona ruhig zurück.

„Nun, das mache ich als Nächstes. Ich war um Euer Wohlbefinden besorgt ..."

„Das rührt mich zu Tränen„ schnaubte Catriona sarkastisch. „Ich habe eine neue Anweisung für dich. Verlass dieses Gebäude und wage dich nicht wieder hinein. Es ist mir egal, was du da draußen tust, aber eine Magd, die nicht arbeitet, kann ich nicht gebrauchen."

Moira stand da wie vom Donner gerührt.

„Raus", sagte Catriona mit Nachdruck.

„Ich ... ich werde den Saal fegen", sagte Moira.

„Nein, das wirst du nicht", gab Catriona zurück. „Du gehst nach draußen. Sofort." Sie griff zum Schürhaken, der neben dem Herd lag und schwang ihn drohend in der Hand. Sie hatte nicht vor, davon wirklich Gebrauch zu machen.

Moira senkte den Kopf und machte Anstalten, hinauszuschlurfen.

„Ah, den Napf Grütze darfst du hierlassen", knurrte Catriona.

Da ließ die Magd die Grütze einfach auf den Boden fallen und stampfte hinaus.

„Lorna!", rief Catriona.

Die junge, dürre Magd eilte mit hochrotem Gesicht herbei.

„Moira steht als Magd nicht mehr zur Verfügung. Es steht viel Arbeit an. Ich wünsche, dass du den großen Saal putzt und reinigst. Danach kümmerst du dich in die Küche. Stroh und Binsen kommen erst in den Saal, wenn alles sauber ist. Und erst dann wirst du das Feuer anschüren."

„Aber Mylady, dann wird es kalt sein", murmelte das junge Mädchen.

„Dann soll es kalt sein", knurrte Catriona. „Zuerst machen wir hier sauber. Wir sind hier auf einer Burg und nicht in einem Stall. Mach den Saal fertig und zeige ihn mir dann."

Die Magd knickste und drehte sich um.

Mit stiller Genugtuung bemerkte Catriona, dass der Highlander noch immer zwischen Küche und Saal stand und mit gerunzelter Stirn das Geschehen verfolgte. Als nächstes wandte sie sich an die Köchin. „Was gedenkst du, für das Abendessen zu kochen?"

„Lammeintopf mit Kohl, Mylady", sagte die Köchin.

Ein junges Mädchen stand neben ihr und zupfte bereits Kohlblätter.

„Ich wünsche, dass du eine einfache Kohlsuppe ohne Fleischeinlage zubereitest", ordnete Catriona an.

„Aber der Herr wünscht Fleisch in seinem Essen", gab die Köchin zaghaft zurück.

„Das mag sein. Aber eine Kohlsuppe ist weniger aufwändig als ein Lammeintopf. So kann das Küchenmädchen mit dem Putzen der Küche beginnen und ..."

Sie fuhr herum, als sie einen Schatten in der Eingangstür gewahrte. Rasch schnappte sie sich den Schürhaken und trat in die Eingangshalle. Tatsächlich stand Moira am Eingang, tropfnass. Es regnete allem Anschein nach draußen.

„Herrin", murmelte sie.

„Raus!", Catriona schwang drohend den Schürhaken und Moira huschte wieder mit gesenktem Haupte davon.

„Kalter Boden und Kohlsuppe. So willst du mir

ein gemütliches Zuhause bieten?" Iain stand noch immer an der Türe zum Saal.

„Ich arbeite mit dem, was sich mir bietet", erwiderte sie schnippisch. „Sauberkeit ist das Alpha und das Omega eines Hauses. Dem muss sich alles unterordnen."

Er knurrte unwirsch eine Antwort und trat hinaus in den Regen.

Catriona schritt in den Saal und gab Lorna Anweisungen, was sie wie zu reinigen hatte, dann stob sie in die Küche, um die Arbeit des Küchenmädchens zu überwachen. Sie schnappte sich eine Schüssel Hafergrütze und stopfte diese rasch in sich hinein, um dann zurück in den großen Saal zu eilen.

Schritte ertönten.

Hastig eilte sie zurück in die Eingangshalle, bereit, Moira ein weiteres Mal aus dem Haus zu werfen.

Doch nicht die dralle Magd stand vor ihr, sondern eine kräftige Frau und ein kleiner Junge. „Ich bin Kendra, das ist mein Sohn Roy", stellte sie sich vor. „Der Herr hat uns befohlen, dir zur Hand zu gehen."

Catriona nickte zufrieden. Es ging doch.

Ungeduldig wartete sie Stunden später auf den Highlander und seine Männer. Endlich trat er ein. Sie sah, wie er sich im Saal umblickte. Das

Feuer brannte schon seit Stunden, es war warm und heimelig. Der Boden war mit frischem Stroh und Binsen bedeckt, alles strahlte und glänzte sauber.

Er räusperte sich und ließ sie schwer neben ihr am Tisch nieder.

Seine Männer blickten sich um. „Eine weibliche Hand ist viel wert", stellte einer von ihnen fest.

In dem Moment betrat Lorna den Raum, wie Catriona die junge Frau instruiert hatte, und brachte Teller mit dampfendem Lammeintopf und frischem Brot.

Catriona nickte zufrieden und begab sich zur Küche, um dort zu essen, wie es sich geziemte.

„Mylady", donnerte der Highlander.

Sie konnte nicht verhindern, dass sie zusammenzuckte. „Mein Herr?", fragte sie. „Ist alles zu deiner Zufriedenheit?„

„Hier auf meiner Burg ist es Sitte, dass die Lady ihrem Mann Gesellschaft leistet. Setz dich zu mir."

Überrascht nahm sie neben ihm Platz. Ihr Vater hätte das nur erlaubt, wenn seine Männer nicht anwesend gewesen wären!

„Ich bin Hamish", stellte sich der Mann zu ihrer Linken vor. „Und das sind Gavin, Lennox und Finley."

„Sehr erfreut", lächelte sie.

„Wir reiten morgen zur Jagd. Seid Ihr schon

einmal auf der Jagd gewesen?", fragte Hamish.

„Ja, und ich liebe es", gab sie zurück. Einmal im Jahr hatte ihr Vater ihr und ihrer Mutter erlaubt, teilzunehmen. Wie sehr sie es genossen hatte, auf ihrer Stute über die Felder zu galoppieren ...

„Wollt Ihr uns begleiten?", fragte Lennox.

„Sehr gerne, wenn meine Pflichten es zulassen", gab sie zurück.

„Ich bin sicher, dass sie das werden", knurrte der Highlander. „Kendra wird sich um alles kümmern.„

„Die Haushälterin des Priesters?„, fragte Hamish überrascht. „Was ist mit Moira?"

„Ich habe sie zum Torf stechen geschickt", grummelte Iain.

Hamish zog die Braue hoch. „Aber du hast ihr doch versprochen ..."

„Genug", knurrte Iain, was Catriona interessiert zur Kenntnis nahm.

„Sie schien mir unverschämt und dumm", stellte sie laut fest.

„Aber sie ist die stärkste Frau hier auf der Burg. Keine arbeitet so wie sie." Lag da ein Hauch von Bewunderung in Hamishs Stimmme?

„Das glaube ich sofort", gab Catriona trocken zurück.

Die Männer musterten sie irritiert, Sarkasmus schienen sie nicht zu kennen – zumindest nicht, wenn er von einer Frau kam.

„Ich habe Moira heute unbeherrscht und faul erlebt. Wenn ihr meint, dass sie anders kann, kann sie von mir aus weiter im Haus arbeiten. Aber wenn sie nicht gehorchen mag, wird sie keine weitere Chance erhalten."

Nach dem Essen setzte sich Lennox an die Harfe und gab eine muntere Weise zum Besten, danach folgte Hamish, der eine lange Ballade sang, schön zwar, doch leider konnte seine Stimme nicht überzeugen - jedenfalls längst nicht so wie ihr Vater. Schon als Kind hatte sie sich Abends immer zum großen Saal geschlichen und sich hinter einem Vorhang versteckt, um seinen Vorträgen zu lauschen ...

Viel zu schnell war der Abend vorbei, die unangenehmste aller Pflichten wartete auf sie. Der Gedanke daran hatte ihr schon die ganze Zeit ein flaues Gefühl im Magen bereitet. Rasch stürzte sie noch einen Schnaps herunter, bevor sie ihrem Gemahl nach oben folgte. Im Flur blieb er stehen und wartete, bis sie die Tür zu ihrer Kammer geöffnet hatte, dann folgte er ihr hinein.

Denk daran, sagte sie sich. Du darfst ihm auf keinen Fall entgegen kommen. Es soll spüren, was für ein unzivilisierter Barbar er ist. Blaue Augen und Muskeln und gutes Aussehen hin oder her. Sie atmete tief durch, dann drehte sie sich zu ihm um und blickte ihm kühl in die Augen.

„Zieh dich aus", knurrte er.

Sie stand still. Auf keinen Fall. Sollte er doch selbst ...

„Nicht, dass ich dein Kleid ruiniere", fuhr er spöttisch fort.

Nun, damit hatte er recht. Sie mochte das warme Wollkleid, auf keinen Fall sollte er es beschmutzen oder beschädigen.

Hastig löste sie die Verschnürungen und zog es sich über den Kopf. Behutsam legte sie es über die Truhe, um es nicht zu zerknittern, dann legte sie sich in ihrer Unterkleidung auf das Bett und schloss die Augen. Sollte er doch tun, was er wollte. Hoffentlich war er schnell fertig.

Sie hörte, wie er sich bewegte. Sie öffnete die Augen einen Spalt breit und sah, wie er sein Hemd ablegte und sein muskulöser Oberkörper zum Vorschein kam. Schon schlüpfte er aus der Hose, sein pralles Glied bereit zum Einsatz. Er erwiderte ihren Blick. Verdammt.

„Du bist wunderschön", sagte er. „Kratzbürstig und hochmütig, aber wunderschön."

„Tu, was du tun musst", gab sie kühl zurück und presste die Beine zusammen. Sie würde keine Lust empfinden. Auf keinen Fall. Und das Kribbeln in ihrem Unterleib würde sie verdammt noch mal ignorieren.

„Du musst nicht so tun, als wärest du eine keusche Jungfrau", knurrte er. „Du warst schon einmal verheiratet."

„Ich werde meine eheliche Pflicht erfüllen. Aber ich werde mich nicht der sündigen Lust hingeben", gab sie zurück.

„Nun, es reizt mich, meine Ehefrau dazu zu bringen, eine Sünde zu begehen." Schon trat er ans Bett und streifte ihren Unterrock in die Höhe, über die Hüften. Sie schloss die Augen. Er legte seine Hände auf ihre Brüste und rieb sie durch den Stoff hindurch.

Mein Bruder hat mich an diesen Kerl verschachert wie ein Stück Vieh. Er ist ein unzivilisierter Highlander, rief sie sich ins Gedächtnis. Er kann mich nehmen, aber ich werde nichts für ihn tun. Überhaupt nichts.

Er zog das Kleid weiter nach ob, bis er ihre nackten Brüste sehen konnte, und legte den Rock über ihr Gesicht. Schon spürte sie seine Fingerspitzen auf ihren Brustwarzen. Er legte sich auf sie und nahm ihre linke Brust in seinen Mund. Das war ... Verdammt. Sie unterdrückte ein Stöhnen, bemühte sich, steif und kalt liegenzubleiben. Sie spürte, wie sie feucht wurde. Verdammter verräterischer Körper, das durfte doch wohl nicht wahr sein!

Er richtete sich auf, sie spürte seine Hände auf ihren Schenkeln, er spreizte ihre Beine, legte eine Hand auf ihren Kitzler, strich behutsam mit seinem Finger darüber. Wie konnte er das tun! Kein

Mann hatte sie je so berührt. Und er war ein verdammter, unzivilisierter Highlander!

Sie stellte sich vor, wie er zwischen ihren Beinen kniete, mit konzentriertem Gesichtsausdruck, die Stirn leicht gerunzelt, mit diesen blauen Augen, mit geschwollenem Glied, an dem sie nicht stundenlang lutschen müsste, um ihn zu erregen ... Kein Gramm Fett war an seinem Körper, seine muskulösen Arme verrieten ihr, dass er stark sein musste, aber gerade war er so feinfühlig und zärtlich ...

Seine kundigen Finger bearbeiteten sie weiter, dann tauchte er in ihre Vagina. Sie biss sich auf die Lippen, um ein Stöhnen zu unterdrücken. Sie hatte geschworen, sich ihm nicht unterzuordnen, ihn spüren zu lassen, dass er nur ein dahergelaufener Highlander war, ihrer nicht würdig.

„Das gefällt dir, nicht wahr?", schnurrte er und drang tiefer.

Oh Gott, ja es gefiel ihr, er erregte sie, oh, und wie er sie erregte. Diese verdammten blauen Augen. Gut, dass er ihr erhitztes Gesicht nicht sehen konnte, gut, dass der Unterrock es noch immer vor seinen Blicken versteckte.

Wieder strich er über ihren Kitzler und diesmal konnte sie ein Stöhnen nicht unterdrücken. Seine Finger glitten noch tiefer, stießen weiter vor, erkundeten ihr weiches Fleisch und sie stöhnte weiter, konnte nicht damit aufhören, sie wölbte den Rücken und ergab sich ihm, da er zog den Unterrock von ihrem Gesicht, sah ihr in die Augen und stoppte.

Er beugte sich vor und küsste sie auf den Mund. Sie schloss die Augen und öffnete die Lippen für ihn, spürte seine Zunge an der ihren. Er saugte zärtlich an ihren Lippen, dann ließ er ab von ihr und richtete sich auf.

Ein spöttisches Lächeln lag auf seinem Gesicht, als er so auf sie hinunterblickte. Er stand auf, massierte seinen prallen Schwanz vor ihren Augen, dann kniete er über ihr und drückte ihr sein nasses Glied gegen die Lippen. „Du kriegst erst mehr, wenn du mich ein wenig verwöhnt hast."

Sie atmete tief durch. Verweigere dich, bellte ihr Verstand. Du bist eine stolze Lady und er ist nur ... Nun mach endlich den Mund auf, kreischten ihr Herz und ihr bebender Unterleib auf und übertönten alles andere.

Zögernd gab sie nach. Sofort schob er sein Glied zwischen die Lippen. Sie nahm ihn auf, und leckte und saugte an ihm, wie er es von ihr verlangte. Er keuchte über ihr, aber schob seinen Penis nicht zu tief in sie, gerade so, dass sie es ihm gut besorgen konnte, ohne dass es unangenehm wurde. Sie schmeckte seinen Saft auf ihrer Zunge. Sicher will er sich so in mich ergießen, dachte sie und machte sich bereit.

„Langsam", befahl er. „Ich will es erst einmal nur genießen."

Er knetete ihre Brüste, dann beugte sich über sie, wobei er schob seinen Schwanz noch tiefer in ihren Mund versenkte, und dann spürte sie seine Lippen und seine Finger an ihrem Kitzler. Sie erstarrte. Das tat er doch nicht wirklich? Doch! Er küsste und liebkoste sie und tat Dinge, die sie noch nie erlebt hatte und weckte eine Begierde in ihr, die sie noch nie empfunden hatte, während er gleichzeitig seinen Unterleib bewegte. Ihre Lippen schlossen sich fest um sein Glied, das immer wieder in ihren Mund stieß, und dann kam er und ergoss sich in sie und sie kostete seinen Saft, schmeckte ihn auf ihrer Zunge und spürte merkwürdig betört, wie sein Samen ihre Kehle hinunterrann ...

Abrupt erhob er sich. Sie blinzelte zu ihm hinauf. Er wollte doch nicht etwa schon gehen? Ein schmerzhaftes Ziehen breitete sich in ihr aus. Schon wandte er sich zur Tür, legte seine Hand um den Knauf. Er wollte sie wirklich allein lassen! Bleib, wollte sie rufen, doch sie verkniff es sich. Sie würde nicht betteln. Er verharrte, mit der Hand am Türknauf, dann drehte er sich um und stierte sie wild an. Sie sah, wie es in ihm arbeitete. „Ich muss ... wollte das nicht", knurrte er. „Ich wollte das nicht so ... Mit dir ... Verdammt, ich ..."

„Was wolltest du dann?", murmelte sie, die Wangen noch immer erhitzt, seine Lusttropfen noch auf ihrer Zunge, und auch ihr Unterleib kribbelte noch immer und verlangte Befriedigung. Sie spreizte die Beine ein klein wenig für ihn.

Er starrte sie weiter an, schüttelte leicht den Kopf. „Als dein Bruder vorgeschlagen hat, dich zu heiraten, um die Bindung zwischen unseren Häusern zu festigen, wusste ich, dass ich nicht viel von meiner Braut zu erwarten hatte", knurrte er. „Die Braut von Duncan, des Helden von Argyll, auf meiner Burg ... Natürlich willigte ich ein, bereit, eine hochnäsige Adelige zu bezwingen und zu beschämen. Doch du warst nicht so, wie ich gehofft hatte. Du hast nicht die Nase gerümpft über meine Burg, du hast das Essen nicht ausgespuckt, du hast der Köchin sogar ein Kompliment gemacht ... Du hast deinen Bruder von der Burg gejagt und Moira gebändigt ... Ich wollte dich erniedrigen und demütigen und doch ..." Er verstummte.

In Catriona arbeitete es. Verdammt, was, wenn ... Das Kribbeln in ihr ließ abrupt nach. „Hast du Moira gesagt, dass sie sich gegen mich stellen soll?"

„Ich ... Nein. Sie war die Magd von Aileen, ich habe ihr nach ihrem Tod versprochen, dass sie bleiben kann. Aber ... Ja, sie war schon immer faul und unverschämt, aber Aileen hatte mich stets gebeten, sie gewähren zu lassen."

„Deine Frau?"

„Ja ... Es wäre mir ein Leichtes gewesen, dir Unterstützung zu versagen und dich ins offene Messer laufen zu lassen. Und du hattest ja recht. Du hast dort durchgegriffen, wo ich es nicht konnte, wo ich jahrelang die Augen verschlossen hatte ..." Er schwieg.

Mit diesem ehrlichen Eingeständnis hatte er Catriona sämtlichen Wind aus den Segeln genommen. Wie konnte sie da ... „Ich habe mir fest vorgenommen, dich zu hassen", murmelte sie kaum hörbar. „Auf keinen Fall wollte ich mich dir einfach so hingeben und deine Lust stillen ..."

„Das war nicht zu übersehen", knirschte er, trat weg von der Tür und setzte sich neben sie auf das Bett. „Ich hatte es erwartet. Und ich hätte dich vor meinen Männern erniedrigen können, ich hätte deine Autorität untergraben können ... Aber trotz allem sind wir verheiratet und sollten den Leuten keinen Stoff zum Tratschen geben. Sie tratschen sowieso schon genug."

„Oh, das mit Sicherheit", seufzte sie.

„Ich glaube, du hast sie beeindruckt. Du hast dir von Anfang an Respekt verschafft. Nicht so wie ..."

„Deine Frau", vollendete sie den Satz.

„Ja", gab er zu. „Aileen ... Sie interessierte sich

überhaupt nicht für die Haushaltsführung. Dafür hatte sie ihre Magd mitgebracht, die sich um alles kümmerte. Moira war tüchtig, sie verstand es hervorragend, alle herumzuscheuchen. Du hast es erlebt. Selbst Arbeiten war nicht so ihr Ding, damals hatten wir allerdings noch eine weitere Magd und eine Zofe."

„Hast du Aileen geliebt?", fragte Catriona. Sie musste es einfach wissen.

„Ja. Sicher. Sie war meine Frau."

Catriona schwieg.

„Sie war wunderschön, mit zarter, heller Haut, von zerbrechlicher Statur ... Ich wollte sie beschützen und las ihr jeden Wunsch von den Lippen ab. Als sie schwanger wurde, war ich war der glücklichste Mann der Welt. Dann starb sie im Kindbett. Ich trank zu viel, warf die Zofe aus dem Haus, duldete keine Frauen mehr um mich. Zwei verheiratete Männer verließen daraufhin die Burg und suchten sich einen anderen Herrn. Bonnie, die Magd, ging mit ihnen. Ich scharrte dafür ein paar Junggesellen um mich, Hamish und die Anderen. Der Clan redete mir gut zu, ver-langte mehr und mehr, dass ich erneut heiraten sollte oder die Burg verlieren würde ... Schließ-lich beugte ich mich ihrem Willen, die Witwe von Duncan, dem Helden von Argyll, zu heiraten. Eine große Ehre, so hieß es. Dass keiner der anderen Männer dich heiraten wollte, sprach aber natürlich Bände."

Catriona biss sich auf die Lippen.

„Eine Witwe ist eben keine keusche Jungfrau mehr."

Sie schwieg.

„Es gab Gerüchte, du hättest mit einem königlichen Boten ..."

„Eine Lüge„, knirschte sie. „Eine dreckige Lüge. Er lauerte mir in einem dunklen Gang auf und steckte mir die Zunge in den Hals, dazu hielt er mir sein Messer an die Kehle. Mein Bruder kam hinzu, er ignorierte das Messer, vielleicht sah er es auch tatsächlich nicht, und schalt mich Hure." Zurecht, dachte sie. Dem Boten hätte sie sich freiwillig nicht hingegeben, er war alt und grob und abstoßend gewesen. Aber Liam hatte sie nicht von der Bettkante gestoßen, den alten, erfahrenen Ritter, der ihr im Gegenzug dafür, dass sie ihm den Schwanz lutschte und sich von ihm besteigen ließ, so manches wohlwollende Wort bei ihrem Vater für sie eingelegt hatte ... „Mein Vater beschloss, dass ich viel zu lange untätig auf der Burg herumgelungert hätte. Erst wollte er mich ins Kloster stecken, doch dann war dein Clan an mir interessiert ..."

„Und wie war dein Mann so? Der Held von Argyll?"

„Er kam, sah und nahm mich", murmelte Catriona.

„Warst du in ihn verliebt?"

„Oh ja ..."

„Vermisst du ihn?"

Sie sah Duncans Gesicht vor sich, dieses spöttische, abfällige Grinsen, während er die Magd knallte. „Nein."

„Hat er dich nicht befriedigt?"

Hörte sie da einen spöttischen Unterton in seiner Stimme?

„Oder hast du ihn nicht genug erregt?"

Seine Worte trafen sie wie eine Ohrfeige und ließen sie zusammenzucken. Sofort sah sie Duncan vor sich, wie er die rothaarige Magd bestieg. Sie rang nach einer bissigen, verletzenden Antwort.

„Hab wohl ins Schwarze getroffen, was?", murmelte er, noch bevor sie eine Entgegnung parat hatte, doch der Spott war aus seiner Stimme gewichen. „Nun, gut zu wissen, dass auch dieser strahlende Held in Wirklichkeit nur ein Mann war." Er packte sie und drückte sie einen Moment fest an sich, dann ließ er sie abrupt wieder los. „Ich wollte deine Lust anstacheln, dich dazu bringen, mich zu befriedigen und dich dann beschämt zurücklassen, um deinen Stolz zu brechen und dich zu verletzen, ich wollte, dass du darum bettelst, dass ich dich nehme. Aber ich kann nicht. Du berührst etwas in mir, ich kann mich dir nicht entziehen und ich will es auch nicht. Ich werde versuchen, dir ein guter Ehemann zu sein. Ich verspreche es dir. In Ordnung?"

Ich ..."„Ja!, wollte sie rufen, war aber noch viel zu verwirrt.

Ohne ihre Antwort abzuwarten, kniete er sich zwischen ihre Beine, winkelte sie an, steckte seinen Kopf dazwischen und entfachte ihre Leidenschaft aufs Neue. Sie spürte seine Zunge an ihrer Vagina, wölbte den Rücken und stöhnte tief und kehlig. Gott war das heiß, Duncan hatte niemals ... Schon war der Gedanke an ihn wieder verflogen, was Iain da tat, war unglaublich, sie ließ sich fallen und wegtreiben, stöhnte und keuchte zu seinem Zungenspiel, gab sich ganz seinen Liebkosungen hin und dann kam der Orgasmus über sie, brach in ihr wie eine Woge an die Küste, stark und mächtig, und sie konnte nicht mehr an sich halten und stöhnte auf und schrie ihre Lust heraus, während die Leidenschaft in ihr pulsierte und ihr die höchste Wonne schenkte. Langsam klang die Lust ab, erschöpft blieb sie liegen und spürte ihr wehmütig nach, da spreizte er ihre Beine noch ein Stück weiter und drang er in sie ein. Sie stöhnte auf, als er sie erfüllte, als er sich fordernd tiefer und tiefer schob und sie nahm, langsam, aber konsequent und ausdauernd. Allmählich wurde er schneller, keuchte laut, stieß wieder und wieder in sie, erneut stieg die Lust in ihr auf, sie stieß kleine Schreie aus, und konnte sie nicht unterdrücken, und erneut brachte er ihr Inneres zur Extase und während sie kam, ergoss er sich in sie, warf den Kopf in den Nacken und stöhnte tief und kehlig und legte sich dann schwer auf sie nieder, während sein Glied noch in ihr pulsierte.

Irgendwann glitt er aus ihr heraus und sie drehte ihm den Rücken zu. Er sollte ihr nicht ins Gesicht sehen, in ihr gerötetes, ungläubiges Gesicht, er sollte ihr nicht ansehen können, wie sehr er sie erregt und befriedigt hatte, dieser wilde, barbarische Highlander.

Er packte sie, drehte sie um, zog sie an seine Brust und legte seine starken Arme um sie. Sie vergrub ihren Kopf an seiner Schulter und fühlte sich zum ersten Mal seit langer Zeit wieder geborgen. Sie hatte der mächtigen Burg ihres Vaters den Rücken gekehrt, um einen wilden Highlander zu heiraten, und es war nicht das Schlimmste gewesen, was ihr hätte passieren können. Die Highlands waren ihr neues Zuhause - und es fühlte sich gut an.

Katharina schreckte hoch. Einen Moment blickte sie verwirrt um sich. Wo war sie hier? Dann fiel es ihr wieder ein. Im Love Tower, wo sie gerade ein überaus heißes Love Adventure erlebt hatte. Wow. Ich bin feucht, stellte sie fest.

Und auch ihr Unterleib kribbelte noch. Unglaublich, so ein intensives Erlebnis hatte sie schon seit Jahren nicht gehabt ... Langsam begann sie, sich anzuziehen. Wie schaffte es die Firma nur, solche intensiven Erlebnisse zu erzeugen, die sich anfühlten wie eine echte Erinnerung?

Und was hatte sie sich da nur alles zusammengeträumt? Wenn man es träumen nennen wollte. Nun, es war nicht allzu schwer zu entschlüsseln, wo das alles herkam. Duncan, der Held von Argyll, das war Thomas gewesen, der beliebteste Junge damals in ihrer Klasse, den sie angehimmelt hatte, der sie auf einer Jahrgangsparty verführt und auf der nächsten mit ihrer besten Freundin betrogen hatte, Maria mit dem roten Haar ...

Malcolm war niemand anders als ihr Ex-Mann Martin, der es geliebt hatte, sie vor seinen Freunden zu demütigen. Einmal hatte er ihr tatsächlich angedroht, sie über das Knie zu legen, wenn sie ihm nicht schnellstens mehr Bier aus dem Keller brachte. Vermutlich war das als Witz gemeint gewesen, doch das Grölen der Männer, die nach einem feuchtfröhlichen Fußballabend bereits ordentlich Bier getankt hatten, gellte noch in ihren Ohren. Gott sei Dank hatte sie ihn nach jahrelangem, schmerzvollen inneren Ringen doch aus dem Haus geworfen.

Moira ... Das war wohl eine reichlich merkwürdige Version ihrer Tochter Mia, die eigentlich schon längst hatte ausziehen wollen, sich als aber Studentin dennoch am liebsten zu Hause verwöhnen ließ. Und vermutlich hatte sie selbst zu viele TV-Serien gesehen, in denen Frauen mit viel zu lauter Stimme vorkamen ...

Und Iain mit den blauen Augen ... Sie spürte, wie ihr die Röte ins Gesicht kroch. Das war natürlich niemand anderes als ihr Kollege Jan, der sie neulich in der Mittagspause auf einen Kaffee eingeladen hatte. Seitdem träumte sie davon, ihn wiederzusehen. Nach seinem Urlaub, nahm sie sich vor. Nach seinem Urlaub frage ich ihn, ob er mit mir ausgehen möchte. Wenn er mir nicht zuvorkommt. Und mit einem zufriedenen Lächeln trat sie aus dem abgedunkelten Love Room zurück in die Wirklichkeit.

Highland Ghost Story

Die schwere Tür fiel ins Schloss, die Stimme der Touristenführerin und die Schritte der Besucher verklangen.

Marie seufzte auf vor Glück. Sie hatte es geschafft. Sie hatte sich in das Innere des Eilean Donan Castle geschummelt und sich hier einschließen lassen. Und nun würde sie in diesem historischen Gemäuer die Nacht ihres Lebens verbringen!

Ihr größter Traum wurde damit wahr. Schon als Kind hatten sie die Bilder der mächtigen Burg auf der kleinen Insel mit der schmalen Brücke im Westen Schottlands begeistert. Lange hatte sie ihre Eltern gepiesackt, einmal nach Schottland zu reisen, doch die waren lieber im Sommer nach Mallorca und Gran Canaria geflogen. Schottland war ihnen immer zu kalt und zu teuer gewesen.

Kaum achtzehn geworden, hatte Marie ihre beste Freundin Lisa überzeugt, mit ihr nach Schottland zu reisen und gleich die Magie gespürt, die diese ganz besondere Landschaft umgab. Doch Schottland zeigte sich von seiner schlimmsten Seite, es stürmte und regnete in einem fort, jeden Tag waren die beiden durchnässt und froren immer wieder aufs Erbärmlichste. Marie hatte die Reise dennoch genossen, und der Anblick des Eilean Donan Castle entschädigte sie für alle Mühen. Lisa war leider nicht begeistert gewesen und hatte ihr mit ihrem ständigen und nicht ganz ungerechtfertigtem Genörgel beinahe den Spaß verdorben. Aber eben nur beinahe.

Doch Marie war dem Zauber der Burg verfallen und fest entschlossen gewesen, noch einmal alleine hierher zu kommen und ihren persönlichen magischen Moment zu erleben. Und nachdem sie sich gerade von ihrem Freund getrennt hatte, wusste sie, dass es an der Zeit war. Also hatte sie ihre Koffer gepackt und war nach Schottland geflogen, mit Zug und Bus nach Dornie gefahren und hatte sich in der Burg einer Führung angeschlossen. Sie hatte sich unauffällig gekleidet und sich im Hintergrund gehalten und es hatte funktioniert: die Touristenführerin hatte sie am Ende der Tour übersehen und nun befand sich Marie ganz allein im Inneren der Burg, zusammen mit ihrem Rucksack, einem Schlafsack und einer großen Taschenlampe.

Was diese Gemäuer wohl schon alles gesehen hatten? Eigentlich nicht viel. Aus den unzähligen Büchern, die sie über Schottland und die Burg gelesen hatte, wusste Marie nur zu gut, dass Eilean Donan Castle im Jahr 1719 während des Jakobitenaufstands unter Zuhilfenahme von 300 Fass Schießpulver gesprengt worden war. Ein gewisser Lieutenant Colonel John MacRae-Gilstrap hatte im Jahr 1912 die Insel mit den rudimentären Resten der Burg gekauft und mit

Restaurierungsarbeiten begonnen, die im Jahr 1932 fertiggestellt wurden. MacRae-Gilstrap starb im Jahr 1937 und die Burg stand leer, bis sie 1955 als Museum Verwendung fand und zum Teil der Concha-Stiftung des MacRae-Clans wurde.

Früher jedoch war die Burg, die erst dem Clan der MacKenzies und dann der MacRaes gehört hatte und dabei immer wieder von den MacDonalds belagert wurde, strategisch bedeutsam gewesen. Was hier an dieser Stelle alles passiert sein mochte?

Ob die Burgmauern tatsächlich authentisch waren, interessierte Marie dafür weniger. Die Lage war es von Anfang an gewesen, die sie in ihren Bann gezogen hatte. Und nun war sie hier und übernachtete an diesem einmaligen Ort, ein unbezahlbares Abenteuer.

Beschwingt schlenderte sie noch einmal durch die Räumlichkeiten. Die Sonne ging bereits unter. Bald würde nur noch die Außenbeleuchtung für Licht sorgen. Doch dafür hatte sie ja ihre Taschenlampe dabei. Sie setzte sich auf einen der Stühle im Rittersaal und blickte aus dem Fenster, bis die Sonne hinter den Bergen verschwunden war, als sie erschrocken zusammenfuhr. Denn das Feuer im Kamin loderte plötzlich auf und neben ihr stand ein Mann. Er sah nicht einmal schlecht aus, nein, wirklich nicht. Er war groß, gebräunt und wirkte muskulös. Dazu trug er einen grünblauen Kilt, ein weißes Hemd mit Verschnürung, eine Art Sakko, den braunen Lederbeutel und das typische beige Käppchen, aber leider auch ein verdammt langes Schwert, das verdammt echt aussah und dessen Spitze auf sie zeigte, was ihr gehörige Angst einjagte.

Oh Gott. Wer war das jetzt? Ein Einbrecher, der die Burg ausrauben wollte? Ein Obdachloser, der hier nächtigen wollte? Oder etwa jemand aus dem MacRae-Clan?

„Ich ... ich gehe", flüsterte sie auf Englisch und stand ganz langsam auf. „Ich ... wurde bei der Führung eingesperrt. G-gut, dass Sie gekommen sind. Ich ..."

„Stopp!", knurrte er, funkelte sie böse an und fuchtelte mit dem Schwert vor ihrer Nase herum, was sie zurückschrecken ließ. „Sie gehen nirgendwo hin. Was tun Sie hier, verdammt?"

„Ich ... Ich habe mich hereingeschlichen", gab sie zu.

Er zog die Brauen zusammen. Oh Gott. Was würde er nur mit ihr tun? Sie konnte froh sein, wenn er ihr nur Angst machen wollte oder die Polizei rief. Er wirkte nicht ganz zurechnungsfähig. Was, wenn er über sie herfallen wollte?

„Bitte, ich ..." Sie spürte den Tisch im Rücken und versuchte, sich langsam Richtung Ausgang zu schieben, doch er legte die Schwertklinge an ihren Hals und sie erstarrte.

Gott, wie schön sie sich ihre Nacht hier ausgemalt hatte, wie romantisch sie es sich vorgestellt hatte, in diesen romantischen Gemäiuern zu schlafen. Und jetzt befand sie sich in der Gewalt dieses Psychopathen und niemand wusste, dass sie hier war ... Wenn er sie umbrachte und im Meer versenkte, würde niemand je wissen, was mit ihr geschehen war. ... „Bitte", flehte sie, während Tränen über ihr Gesicht rannen. „Bitte, lassen Sie mich gehen. Aber tun Sie mir nichts."

„Ich bin der Herr dieser Burg, Clanchief Alexander MacKenzie", donnerte er. „Und du hast meine Burg unbefugt betreten. Wenn du gehen willst, musst du dafür bezahlen." Und er berührte mit der Schwertspitze ihre linke Brust und lächelte lüstern.

Oh Gott. Bloß das nicht.

„Zieh dein Shirt aus", verlangte er.

„Nein, bitte ..." Sie presste die Arme vor ihre Brust. Alles, nur das nicht.

„Ich werde es dir nicht ausziehen", knurrte er. „Das musst du schon selbst tun."

„Nein, ich ... Bitte ..."

„Worauf wartest du noch? Wir haben nicht ewig Zeit." Er schlug ihr mit der flachen Seite der Klinge auf den Po.

Zitternd vor Entsetzen, zog sie das T-Shirt über ihren Kopf. Er starrte auf ihren weißen BH und nickte dann anerkennend.

„Gut. Jetzt die Hose. Du kannst dir aussuchen, wo und wie ich dich vögeln soll."

„Nein, bitte, rufen Sie die Polizei, aber lassen Sie mich gehen ..." Ein gequältes Schluchzen schüttelte ihren Körper. Das war ein Alptraum, ein einziger Alptraum ...

„Ich bin Alexander MacKenzie, was kümmert mich die Polizei ..." Er schüttelte den Kopf, fassungslos über so viel Unkenntnis.

In dem Moment hörte sie das Vibrieren eines Handys.

„Verdammt", knurrte er. „Das tut mir leid. Aber das ist wichtig, ich muss da ran gehen. Du bleibst da stehen und rührst dich nicht. Keinen Mucks." Er zog ein Smartphone aus seinem Lederbeutel, schüttelte gereizt den Kopf und nahm den Anruf an.

Marie blieb wie erstarrt stehen.

„Fiona! Was zum Teufel, ich bin mitten in Aktion." Er lauschte. „Wie, du bringst sie her? Sie ist doch schon da!" Er hörte zu, runzelte die Stirn. „Wer ist dann die hier? ... Nein, die ich hier habe? Wie? Was? Du weißt es auch nicht? Oh. In Ordnung. Nein ... Gib mir eine Stunde oder mehr. Halte sie hin. Ich kümmere mich um das hier." Und er beendete das Gespräch.

Marie hatte sich nicht von der Stelle gerührt und starrte wie hypnotisiert weiter auf die Klinge in seiner linken Hand. Immerhin konnte sie langsam wieder einen klaren Gedanken fassen. Auch wenn ihr das nicht im Geringsten half. Wer war der Kerl nur? Warum trug er diese Kleidung? Und warum gab er sich als Alexander MacKenzie aus? Hieß er wirklich so oder sollte das eine Anspielung auf den 6. Chief of Kintail sein, der im fünfzehnten Jahrhundert auf dieser Burg gelebt hatte? Was sollte dieser Anruf?

„Was machst du hier?", knurrte er Marie an. „Du hast das nicht gebucht."

„Nein, ich ... ich ... Hereingeschlichen. Abenteuer. Ich ...", stammelte sie.

„Dann fürchte ich, dass hier ein Missverständnis vorliegt", seufzte er und ließ das Schwert sinken. „Bitte entschuldigen Sie. Nehmen Sie Ihr Shirt und ziehen Sie sich an, ich zeige Ihnen die Hintertür."

„Aber ..."

„Kommen Sie schon", knurrte er.

„Ein Missverständnis?", murmelte sie, ohne sich rühren zu können

„Ja. Fiona ... Na ja, sie bringt zahlungskräftige Frauen hierher, die ein Abenteuer mit einem Highlander erleben möchten."

„Ein ... Abenteuer?"

Er zuckte die Achseln. „Sie wissen schon."

„Nein ..." Immerhin ahnte sie, dass keine unmittelbare Gefahr mehr drohte und sie ihr

Shirt wieder anziehen konnte, was sie auch schnell tat.

„Manche Frauen ... haben bestimmte Fantasien, die ich erfülle. Mal ist es das unschuldige, junge Mädchen, das mit einem Highlander verheiratet wird und das dieser dann in der Hochzeitsnacht verführt. Ein anderes Mal hat der Highlander die Burg erobert und die Burgherrin verführt ihn, um ihre Töchter zu schützen oder einfach, weil sie einsam ist. Und es gibt auch Zeitreisende, die im Mittelalter landen und sich in einen Highlander verlieben. Oder Frauen, die ein amouröses Abenteuer mit dem Geist eines Highland Chiefs erleben möchten."

Das Smartphone vibrierte erneut. „Verdammt." Er nahm das Gespräch an. „Ich habe dir gesagt, ich brauche Zeit. Ich muss das erst klären. Nein. Gut. In Ordnung." Er schüttelte den Kopf und steckte das Gerät zurück in seine Tasche. „Hör zu. Es war ein Versehen. Ich dachte, du bist eine Kundin. Hätte ja sein können. Du bist auf jeden Fall widerrechtlich hier, also empfehle ich dir, nicht zur Polizei zu gehen, da du sonst eine Anzeige wegen Hausfriedensbruchs bekommen kannst. Da verstehen die hier keinen Spaß. Es tut mir verdammt leid, was passiert ist, ich wollte dir keine Angst einjagen. Wenn du die Treppe nach unten gehst und dich links hältst, kommst du an eine Tür, die nach draußen führt. Geh durch den

Innenhof über die Brücke. Das Tor sollte offen sein, sonst musst du eben drüberklettern. Bis ins nächste Dorf ist es nicht weit, und es ist auch nicht so spät, du findest also sicher noch ein Zimmer. In Ordnung?"

„Okay", flüsterte sie und tappte verwirrt die Treppe nach unten, wie er es ihr gesagt hatte, noch immer völlig verwirrt und durcheinander, sie wollte nichts als weg von hier. Schnell bog sie nach rechts in einen dunklen Gang, es gab mehrere Türen, doch keine wies den Weg nach draußen. Gott, die Burg war ganz schön und sie wollte doch nur noch raus ... Was für ein verdammtes Abenteuer. Sie würde sich nie wieder irgendwo einschleichen. Wo war nur die Tür nach draußen? Vielleicht hatte er links gesagt? Sie lief den Weg wieder zurück. Hier waren die Stufen, die zum Rittersaal führten ...

„Nein!", hörte sie in dem Moment eine flehende Stimme. „Bitte, Herr MacKenzie."

Ein dumpfes Gemurmel ertönte, das sie nicht verstand.

Sie verharrte. Nein, sie sollte nicht lauschen, sondern zusehen, dass sie verschwand.

„Bitte", rief die Frau. „Bitte."

Marie stieg ganz leise die Treppe wieder hinauf. Oben angekommen, spähte sie vorsichtig um die Ecke.

Da stand eine vielleicht vierzigjährige Frau in

einem mittelalterlich aussehenden dunkelblauen Kleid mit engem Mieder und weitem Ausschnitt und rang die Hände, während der Highlander von vorhin mit dem Schwert vor ihrer Nase herumfuchtelte.

„Diese Burg gehört mir und du hast sie widerrechtlich betreten", knurrte er. „Ihr schuldet mir etwas, junge Lady."

„Ach ich Arme", jammerte die Frau, öffnete die Verschnürung ihres Mieders und ließ das Kleid zu Boden fallen, sodass sie nur noch in einem Spitzenunterhöschen dastand.

Schuldbewusst und fasziniert zugleich, beobachtete Marie, wie der Highlander ihr das auch noch auszog und wie sich die Frau auf den Tisch legte, die Beine spreizte und rief: „Ich bin noch Jungfrau", und wie der Highlander sich über sie beugte und ihren Hals und ihre Brüste küsste, ihren Bauch hinunterfuhr und seinen Kopf zwischen ihre Beine ...

Marie fuhr zurück und presste sich mit dem Rücken an die Wand des Treppenhauses. Was machte sie noch hier? Sie sollte besser sehen, dass sie hier wegkam.

Die Frau stöhnte auf und begann, spitze Schreie auszustoßen und schrie dann so laut, dass Marie rasch um das Eck spähte, um sich zu vergewissern, dass alles in Ordnung war. Es sah ganz so aus, denn jetzt saß sie auf dem Tisch und schlang ihre Arme um den Highlander, der sie, noch immer vollständig bekleidet, auf dem Tisch vögelte ...

Marie setzte sich auf die Treppe und lauschte mit hochroten Ohren auf das Stöhnen der Highland- Braut und auf das Keuchen des Mannes, der sich als der vielleicht berühmteste Clanchief von Eilean Donan Castle ausgegeben hatte, der bekannt als „The Upright", der Rechtschaffende, gewesen war ... Der MacRae-Clan, der die Burg verwaltete, wusste sicher nicht, was hier im Namen des Chief of Kintail so alles getrieben wurde ... Aber sie war auf jeden Fall nicht in der Lage, es ihnen mitzuteilen.

Die Frau schrie auf und stöhnte und kreischte und Marie vermutete, dass sie nicht geschlachtet wurde, sondern einen Orgasmus hatte. Nun war es an der Zeit, zu verschwinden. Hastig lief sie die Treppe hinunter und wandte sich im fahlen Dämmerlicht des Sonnenuntergangs diesmal nach links. Da. Eine größere Tür. Das musste der Weg nach draußen sein. Sie rüttelte daran. Die Tür war verschlossen.

Oh nein. Diese Fiona musste abgesperrt haben! Und was jetzt? In dem Moment hörte sie wieder die helle Frauenstimme von oben. „Und Sie sind wirklich ein Highlander?"

„Ja, natürlich", grummelte der angebliche Chief of Kintail.

Marie schlich die Treppen wieder nach oben.

„Wo kommen Sie her?"

„Hier, aus Dornie."

„Und aus welchem Clan?"

„Dem Clan der MacRaes."

„Nein, wie aufregend. Darf ich ein Foto von Ihnen machen?"

„Wenn es sein muss ..."

Marie spähte um die Ecke. Die Frau trug wieder ihr Kleid, hatte einen Arm um den Highlander gelegt und machte ein Selfie.

„Kommen Sie." Der Mann verließ den Raum Richtung Ausgang, Marie folgte eilig und so leise wie möglich. Das war ihre Chance. Nun musste sie nur rasch an ihm vorbei ...

„Hat es dir gefallen?"

Sie zuckte zusammen, als eine fremde Frau mit feuerroten Haaren in den Gang zu ihr trat. „Ich habe gesehen, wie du sie beobachtet hast. George ist gut in dem, was er tut, nicht wahr? Hast du nicht auch Lust auf ein Nümmerchen mit ihm?"

„Ich? Nein. Ich muss gehen." Oh Gott, wie peinlich.

„Was tut sie noch hier?" Der Highlander namens George erschien ebenfalls im Gang.

Marie wollte am liebsten im Boden versinken.

„Sie hat euch zugesehen. Und warum nicht? Was ist da schon dabei? Allerdings kostet das, junge Dame." Sie grinste Marie frech an. „Fünfzig

Pfund, würde ich sagen."

Oh Gott. Warum war sie bloß geblieben? „Nein, ich ..."

„Ich denke, du hast keine Wahl. Du hast dich hier hereingeschlichen, du perverse kleine Spannerin, das hast du jetzt davon. Aber ich will großzügig sein. Du zahlst fünfzig Pfund fürs Zusehen und dafür leckt George deine Muschi."

„Fiona ..." Der Highlander schüttelte den Kopf. „Komm, lass sie in Ruhe."

„Nein, warum denn? Ist doch ein faires Angebot."

„Nein, ich ..." Marie schüttelte entsetzt den Kopf.

„Warum nicht?" Fiona lachte meckernd, ihre grünen Augen blitzten. „Du hast gesehen, was er mit der Kundin gemacht hat und bist bis zum Schluss geblieben. Interesse ist also da. Nun?"

Marie schüttelte den Kopf.

„Sag mir nicht, dass du nicht feucht geworden bist. Ich weiß es. Nun, George?"

„Mir soll es recht sein."

„Gut. Dann lasse ich euch Turteltäubchen mal alleine." Und damit schwebte sie die Treppe hinunter und Marie hörte wenig später, wie die Eingangstür schwer ins Schloss fiel.

„Ich möchte das nicht", sagte Marie leise. Ihre Wangen glühten vor Scham. „Es tut mir so leid. Ich wollte nicht ..."

„Komm." Er ging zurück in den Rittersaal.

Marie folgte ihm zögernd. Sie war in dieser Burg eingesperrt mit diesem Kerl. Was sollte sie tun? Er würde sie doch sicher nicht vergewaltigen, wenn sie sich weigerte, mitzumachen?

Da stand der Tisch, auf der er ... Oh Gott. Diese Fiona hatte leider recht. Natürlich war sie feucht geworden. Und sie fragte sich, wie es sein mochte, mit ihm ... Wie er da stand in seiner schottischen Tracht und sie musterte ...

„Bist du wirklich ein Highlander?", platzte es aus ihr heraus.

Er zog die Augenbrauen hoch. „Interessiert dich das wirklich?"

„Na ja ... Wenn wir schon ... Also ... Nein. Nein. Ich muss jetzt gehen. Warte." Sie zog ihre Geldbörse hervor. Fünfzig Pfund. Das tat verdammt weh. Und das bedeutete, dass sie dringend Geld abheben musste. Aber es war nun einmal passiert und sie hatte keine Wahl, außer es eben als Lehrgeld abzuhaken und ihre Nase nicht wieder in fremde Angelegenheiten zu stecken. Und keinen Hausfriedensbruch mehr zu begehen. Sie legte das Geld auf den Tisch.

„Warum?", fragte er. „Ich bin sicher, dass du es willst."

„Nein."

„Weil es dir peinlich ist? Das muss es nicht sein."

„Nein. Ich … Ich will kein Geld für so etwas ausgeben.“

„Für Sex?“

„Hm. Nein. Das kann ich nicht. Und es tut mir leid.“ Sie schüttelte den Kopf. „Bitte … “

„Fiona erwartet, dass wir es tun“, meinte Georg ruhig. „Ich habe einen Ruf zu verlieren. Deswegen bitte ich dich nur um eine Sache – bleib noch zumindest ein paar Minuten hier, damit sie denkt, dass wir es getan haben. Sonst wird sie mir ewig vorhalten, dass meine Verführungskünste bei dir versagt haben.“

„Hm.“ Ihr Instinkt riet Marie, so schnell wie möglich zu verschwinden.

„Und ich bin kein Highlander.“ Er schüttelte den Kopf. „Ich bin ein Lowlander.“

„Was?“ Es machte Sinn. Wo es Highlander gab, musste es auch Lowlander geben. Nur hatte sie davon noch nie gehört und sich auch nie Gedanken darüber gemacht.

„Ich komme aus Perth. Ich brauchte Geld, da habe ich es auf diese Weise versucht. Fiona war eine meiner Kundinnen und sie hat mir diesen Job hier besorgt. Sie hat sich den Schlüssel zur Burg verschafft, keine Ahnung wie, und jetzt ermöglicht sie besonderen Kundinnen diesen exklusiven Service.“

„Hm.“ Marie nickte betreten.

„Die Frauen zahlen für diese Show, also, warum

nicht? Ich verdiene dreimal so viel wie früher."

„Und wie fühlst du dich dabei?" Sofort biss sie sich auf die Zunge. So etwas fragte man nicht.

„Es ist verdammt kalt und grau hier die meiste Zeit des Jahres. Und es ist einsam. Ich würde am liebsten nach Hause gehen. Oder ..." Ein verträumter Ausdruck trat in seine Augen.

„Warum gehst du nicht?"

Er zuckte die Achseln. „Ich kann hier nicht weg."

Marie nickte. „Ich verstehe. Ich ... Ich hoffe, dass ... dass sich deine Träume erfüllen."

„Danke." Er lächelte. „Das wünsche ich dir auch. Du bist eine ganz besondere junge Frau, Marie." Und bei diesen Worten trat er zu ihr hin, ergriff ihre Hand und legte sie auf seinen Kilt. Durch den schweren Stoff hindurch spürte sie die Härte seines Glieds. Sie zuckte zurück, doch da presste er seine Lippen auf ihren Mund und küsste sie zärtlich und intensiv. Marie ließ es geschehen. Sie wusste, dass sie verloren hatte, denn sämtlicher Widerstand ihm gegenüber war zerbröckelt. Schwach und willig zugleich, ließ sie zu, dass er ihr Shirt abstreifte, sich vor sie hinkniete und ihr die Schuhe auszog, den Knopf ihrer Jeans öffnete und mit der Hand hineinfuhr.

„Du bist feucht", grinste er, schob die Finger in ihr Höschen und streichelte sie behutsam.

Marie konnte ein Stöhnen nicht unterdrücken.

Gott, was seine Finger da taten ... Jetzt zog er ihr die Jeans und das Höschen gleichzeitig nach unten und streifte sie ab, legte seine Hände unter ihren Hintern und hob sie auf den Tisch, spreizte ihre Beine und küsste ihre Klitoris und sie stöhnte laut auf, als er seine Finger in ihre Vagina schob und seine Zunge über ihre Perle gleiten ließ während er die Hand in ihr schnell auf und ab bewegte. Oh, das tat so gut, und sie wollte mehr, viel mehr.

Und er gab ihr mehr, drückte sie auf den Tisch und bearbeitete ihre Muschi, bis sie keuchte und stöhnte vor Lust und der Orgasmus wie eine Welle über sie hinwegschwappte.

„Mehr!", flüsterte sie atemlos und da beugte er sich über sie und küsste ihren Hals und ihre Brüste dann legte er sich schwer auf sie, liftete den Kilt, unter dem er natürlich nichts trug, spreizte ihre Beine weit auseinander und glitt in sie hinein und sie stöhnte tief und kehlig dabei. Ja. Das war es. Das war gut. So gut. So unglaublich intensiv.

Er bewegte sich ruhig und doch kraftvoll in ihr, wobei er sie sanft und zärtlich küsste und sie genoss jeden einzelnen Moment, jede Bewegung, jede Berührung. Er gab allmählich einen schnelleren Rhythmus vor und sie schlang ihre Arme um seinen Rücken und hielt ihn fest und er nahm sie etwas fester, doch noch immer sanft, und sie öffnete die Augen und blickte in die seinen und dann schwappte die Welle ihrer Leidenschaft über sie hinweg und sie stöhnte kehlig, während er gleichzeitig kam und seine Leidenschaft in sie ergoss.

Ermattet blieb sie liegen, während er sich neben sie auf den Tisch und seine Hand über ihren Körper strich und sie dazu fast ehrfurchtsvoll betrachtete.

„Du bist wunderschön", murmelte er. „Ich wünschte nur ..."

„Was?", fragte sie träge und genoss es, wie seine Hand sanft über ihre nackte Haut strich.

„Ich wünschte, ich hätte dich nicht angelogen."

Sie seufzte. „Wie viel schulde ich dir?"

„Was?" Empörung blitzte in seinen Augen. „Nein, ich will kein Geld von dir. Auch die fünfzig Pfund kannst du behalten. Es ging mir nie um das Geld. Es ist nur ..." Er schwieg einen Augenblick. „Ich komme nur seit Jahren nicht von dieser verdammten Insel herunter, deswegen hilft Fiona mir und lockt diese Frauen hierher."

„Was?" Sie setzte sich überrascht auf und griff hastig nach ihrem T-Shirt. Was erzählte er denn jetzt schon wieder für eine Geschichte?

„Ich ..." Er seufzte schwer.

„Was meinst du, du kommst seit Jahren nicht von dieser Insel runter? Seit wie vielen Jahren?"

„Ziemlich genau seit 1719."

„Moment." Diese Jahreszahl kannte sie. Damals war doch die Burg ... „Ich gehörte zum Gefolge von George Keith, dem zehnten Earl Marischal aus Perth, Schottland. Wir waren Teil des Jakobiteraufstands. Als Katholiken kämpften wir gegen das anglikanische Britannien. Politik war mir eigentlich egal, ich war Soldat unter George Keith, ein aufrichtiger Mann, den ich sehr bewundert habe. Für ihn wäre ich gestorben. Na ja, für ihn bin ich gestorben. Ich war einer der ersten, der bei der Belagerung von Eilean Donan Castle erschossen wurde."

„Was?" Das konnte doch alles nicht wahr sein.

„Doch, ganz genau. Ich starb und war doch nicht tot, sondern ein Geist, gefangen auf der Insel. Ich musste mit ansehen, wie meine Kameraden starben und die verfluchten Engländer die Burg sprengten ..."

„Das ist doch nicht dein Ernst?" Marie schüttelte fassungslos den Kopf. „Wenn du ein Geist bist ... Nein, du bist kein Geist. Kein Geist kann tun, was wir gerade getan haben."

„Ist das so?", lachte er. „Wie viele Geister kennst du denn persönlich?"

„Ja ... nein ... Das ist einfach eine völlig verrückte Geschichte. Ich muss jetzt gehen."

Er seufzte traurig. „Bei dir habe ich wirklich gedacht ... Weißt du, Fiona glaubt, dass ich erlöst werde, wenn ich die wahre Liebe finde. Oder die wahre Liebe mich. Deswegen bringt sie all diese Frauen auf die Burg."

„Ach. Und sie tut das, um dir zu helfen, und nicht, um dabei mitzuverdienen?" Marie schüttelte ungläubig den Kopf. Wieso war sie auf diesen völlig Bekloppten hereingefallen? Er hatte sie verführt und sie hatten wirklich tollen Sex gehabt, hätte er es nicht einfach dabei belassen können?

„Ja, Fiona ist ..." Er schüttelte den Kopf. „Sie ist geldgierig. Ich weiß. Und doch steckt irgendwo in ihr ein guter Kern. Aber du, Marie ... Du bist nicht so wie die anderen Frauen, die bislang hier waren. Die meisten haben sich nichts aus mir gemacht, wollten ein schnelles Abenteuer und Spaß und das war es dann. Bei dir habe ich mir mehr erhofft."

„Du glaubst doch nicht ernsthaft, dass ich dir diesen Gespenstermist abkaufe", fuhr sie ihn an und schlüpfte rasch in ihre Jeans. Jetzt aber nichts wie weg.

„Nimm dein Geld mit", bat er sie sanft und sie riss ihm den Schein aus der Hand und stopfte sie in ihre Hosentasche und stürmte aus dem Saal, durch den Gang, durch die offene Eingangstür und über die Brücke auf das Festland.

Schwer atmend, drehte sie sich um. Mittlerweile war es dunkel. Die Burg wurde jedoch hell angestrahlt. Was hatte sie sich nur gedacht?

Wieso hatte sie unbedingt dort übernachten müssen? Und was für einen unglaublichen Blödsinn ihr dieser Kerl erzählt hatte ...

„Du hast es geschafft!"

Marie zuckte zusammen, als neben ihr plötzlich Fiona auftauchte.

„Er ist weg. Ich spüre es."

„Und wo ist er hin?", grummelte Marie.

„Wer kann das schon sagen?"

„So ein Unfug." Sie schüttelte sich. „Ich weiß nicht, was das für ein perverses Spiel war, das ihr da mit mir getrieben habt, aber ich will nichts davon hören. Ich werde diese verdammte Gegend so schnell wie möglich verlassen und nie wieder kommen."

„Das steht dir frei." Fiona nickte. „Aber ich glaube, er hat etwas für dich empfunden. Du warst die erste Frau, die sich nicht ausschließlich für seinen Highland-Körper interessiert hat, sondern für ihn als Mensch. Und deswegen ist er erlöst worden."

Marie schüttelte traurig und wütend zugleich den Kopf und stapfte die Straße entlang, Richtung Dorie, wo sie zum Glück ein Zimmer fand und eine unruhige Nacht in Gedanken an ihren Geisterliebhaber verbrachte.

Es ließ ihr keine Ruhe. Verdammt, warum hatte sie kein Selfie mit ihm gemacht? Dann hätte sie das Bild auf Facebook laden können und ihn mit der Gesichtserkennung bestimmt gefunden.

Beim Frühstück saß zu ihrer großen Überraschung und Scham die Dame, die sie Vortag mit dem Highlander in Action erlebt hatte, am Tisch neben ihr, zusammen mit einem älteren Herrn, wohl der Ehemann. „Schön, dass du deinen Segelausflug so genossen hast", flötete sie. „Aber diese Privatführung im Schloss war wirklich unglaublich, der Touristenführer war sehr sympathisch, ein echter Highlander, warte, ich zeige dir das Bild." Sie kramte ihr Smartphone aus ihrer Handtasche. „Warte. Gleich kommt das Bild ... Oh. Was ist DAS?"

Marie konnte sich nicht beherrschen. Sie stand auf und blickte der Dame über die Schulter auf ihr Smartphone. Auf dem Bild erkannte sie den Rittersaal in Eilean Castle. Mitten im Raum stand die Dame, mit erhobenem Arm, als wollte sie dirigieren oder die Welt oder einen unsichtbaren Fremden umarmen. Denn außer ihr war niemand auf dem Bild zu sehen.

Fassungslos setzte Marie sich wieder hin. Konnte es wahr sein? Hatte der ... Lowlander am Ende doch nicht gelogen? Zugleich fühlte sie ein merkwürdiges Gefühl von Verlust, als ob sie etwas verloren hätte, was nie ganz das ihre gewesen war. Und sie hoffte einfach, dass es ihm gut ging, wo immer er sich auch jetzt befinden mochte.

Highland Hero

„Was haben wir denn da?"

Theresa schrak heftig zusammen, als unvermittelt drei Reiter vor ihr auftauchten.

„Eine junge, hübsche Frau, ganz allein unterwegs?"

Der Blick, mit dem der Wortführer und seine beiden Begleiter sie musterten, gefiel ihr ganz und gar nicht, und auch nicht das spöttische Lächeln auf den Gesichtern der Männer.

„Hast du dich verlaufen, Kleine?"

Ehrlich gesagt schon, irgendwie, dachte sie, doch das sagte sie lieber nicht laut.

„Du siehst hungrig und erschöpft aus."

Das glaubte sie ihm sofort. Sie wusste nicht, wie lange sie schon durch diesen verdammten Wald irrte und auch nicht, wie genau sie hierhergekommen war. Sicher war sie sich nur, dass es dieser Kerl, so scheinheilig er auch tat, nicht gut mit ihr meinte. Er trug ein weißes Hemd, das mit edler Spitze verziert war, und darüber ein dunkelblaues, mit goldenen Knöpfen versehenes Jackett. Die Beine steckten in Kniebundhosen und weißen Strumpfhosen und auf dem Kopf prangte eine weiße Perücke. An seiner Seite baumelte ein prächtiger Säbel.

Sein prachtvoller Schimmel tänzelte nervös auf der Stelle, ein scharfer Ruck an den Zügeln und er stand still. Es musste sich wohl um einen hochwohlgeborenen Herrn handeln, während sie nur eine einfache Magd war, in einem Kleid mit eng geschnürtem Mieder und ziemlich weitem Ausschnitt, was ihre Brüste, so fand sie, überdeutlich zur Schau stellte.

Tatsächlich konnten gerade die Begleiter ihres Gegenübers kaum den Blick von ihr wenden. Die beiden trugen ebenfalls weiße Perücken und dazu rote Jacketts, an den Sätteln ihrer beiden Rappen sah sie lange Vorderladergewehre, an denen auch noch tödliche Bajonette befestigt waren. Rotröcke nannte man sie wohl.

Der hohe Herr, dementsprechend ein Blaurock, machte Anstalten, abzusteigen.

Theresa blickte sich hastig um. „Entschuldigt, Herr, aber ich muss weiter." Sie knickste leicht, und dann nahm sie die Beine in die Hand und stürzte los, zwischen die Bäume.

„Hey!", brüllte der Mann hinter ihr her. „Bleib stehen, Weib!"

Sie dachte nicht im Traum daran, zu gehorchen. Ziellos stürzte sie durch das Unterholz, das sich vor ihr allerdings immer weiter lichtete. Dann war sie auch schon aus dem Wald heraus und sah vor sich nichts als grasbewachsene Hügel. Sie blieb abrupt stehen, gehetzt blickte sie sich entsetzt um. Warum war sie nicht unter dem Schatten der Bäume geblieben? Schon drang Hufgetrappel an ihr Ohr, sie wandte sich nach links und eilte am Waldrand entlang. Eine Bewegung ließ sie zusammenfahren, da kam einer der Rotröcke aus dem Unterholz und stürzte sich auf sie. Sie stolperte und fiel und schrie auf vor Entsetzen. Er warf sich auf sie und hielt ihr einen Dolch an die Kehle, die andere Hand krallte sich in ihre Brust. Er grinste sie an. „Nicht so hastig, Kleine." Fauler Atem wehte ihr ins Gesicht, mindestens einer seiner verfärbten Zähne brauchte wohl eine Zahnbehandlung. Theresa starrte ihn stumm an. Sie war ihm völlig ausgeliefert. Dieser Mann würde tun, was ihm im Sinn stand und sie hatte keine Möglichkeit, um sich zu befreien.

Hufgeklapper drang erneut an ihr Ohr und schon erschien der hochwohlgeborene Herr in ihrem Blickfeld. Er grinste auf sie hinunter und stieg elegant von seinem Pferd. Schon war der zweite Rotrock zur Stelle, der ihm die Zügel der Pferde abnahm und diese um den Ast eines Baumes wand, den Blick aber soweit es ging auf sie gerichtet ließ.

„Lass dein Messer an Ort und Stelle, Thomas", befahl der Herr. Langsam zog er sich seine weißen Handschuhe aus.

Theresas Herz klopfte, als wollte es zerspringen. Das kann nicht sein, dachte sie entsetzt. Das darf nicht sein. Er kann nicht ...

Grinsend trat er auf sie zu. „Ich werde dich mit Vergnügen zureiten, meine Teure." Er kniete sich vor sie und hob ihre Röcke.

Sie presste die Beine fest zusammen. Alles, nur das nicht, dachte sie voller Furcht.

Er zückte nun selbst Messer und schnitt ihr die Unterhose herunter. Das Messer ritzte schmerzhaft ihre Haut. Mit einem Ruck zerrte er das letzte Stück Stoff von ihren Beinen.

„Du lässt uns doch auch ran, wenn du mit ihr fertig bist, Herr?", geiferte Thomas.

„Diese Hure wird euch zu Diensten sein, wie sie mir zu Diensten war", nickte der Blaurock. Grinsend wandte er sich wieder an Theresa. „Öffne deine Schenkel."

Sie schüttelte stumm den Kopf. Nein. Das konnte sie nicht. Nein.

„Wenn du dich mir freiwillig hingibst, wird es nicht so weh tun. Vielleicht springt sogar ein Kupferstück für dich dabei raus." Er grinste kalt.

Sie konnte sich nicht rühren, das Entsetzen schnürte ihr die Kehle zu. Das konnte nicht wahr sein, das durfte nicht wahr sein.

„Thomas", befahl der Herr und das Messer an ihrer Kehle schnitt in ihre Haut, sie spürte, wie das Blut an ihrem Hals herunterlief.

Sie hielt die Schenkel noch immer zusammengepresst. Sollte er sie doch töten, das war vielleicht besser als das, was sie erwartete ...

Der Blaurock hob die Hand und schlug ihr heftig ins Gesicht, dann nestelte er an seiner Hose.

Eine Bewegung hinter ihm erregte Theresas

Aufmerksamkeit. Der zweite Rotrock stand direkt hinter seinem Herrn und starrte grinsend auf ihre Schenkel, aber hinter ihm stand ein weiterer Mann, den sie nicht kannte, mit hellen, blauen Augen und dunklem Haar.

Der Fremde sah ihr in die Augen und legte einen Finger an die Lippen, dann legte er einen Arm um den Rotrock und schnitt ihm die Kehle durch. Theresa konnte einen kleinen Schrei nicht unterdrücken. Der Herr der nichts davon bemerkt. Er spreizte ihre Schenkel und sie ließ es geschehen, dieser Fremde ... „Eine entzückende Fotze hast du da", grinste der Herr, doch sie hatte keinen Blick für ihn, sondern starrte nur auf den Rotrock, den der Fremde in genau dem Moment zu Boden gleiten ließ. Das Pferd hinter ihm schnaubte und warf den Kopf, Thomas mit dem Messer blickte hoch und sah den Fremden, der sich in dem Moment den Vorderlader geschnappt hatte und auf ihn zielte. Thomas stieß einen Schrei aus und ließ Theresa los, der Herr runzelte die Stirn und dann wurde sein Gesicht starr und Theresa sah, dass das Bajonett vorne aus seiner Brust herausragte. Der Fremde zog es wieder heraus und der Herr saß noch immer vor ihr, doch sein Blick hatte sich getrübt, Blut tropfte aus Mund und Nase auf sein weißes Hemd. Sie konnte den Blick nicht von ihm abwenden, bemerkte am Rande, wie Thomas hinter ihr aufsprang und schreiend die Flucht ergriff.

Der Herr fiel auf die Seite, die Augen weit geöffnet, blicklos starrte er an ihr vorbei. Da endlich kam Leben in Theresa, sie fing an zu kreischen, kam auf die Füße und machte einen Satz nach hinten.

„Ganz ruhig", ertönte die tiefe Stimme des Fremden und sie schrak erneut zusammen. „Ganz ruhig, Mädchen, sie sind tot, sie können dir nichts mehr tun."

Sie blieb stehen und schüttelte fassungslos den Kopf. Das alles war zu viel für sie, viel zu viel. Sie konnte das nicht, sie musste sich hinlegen und schlafen.

Der Fremde trat auf sie zu, ergriff ihre Hand und führte sie zu den Pferden. Der Schimmel schnaubte und tänzelte nervös.

Der Fremde ließ Theresa los. „Ho!", sagte er beruhigend. „Ho, Junge."

Das Pferd wandte ihm die Ohren zu und schnupperte an seiner Hand.

„Braver Junge." Er nahm die Zügel der Pferde in die Hand, schwang sich auf den Rücken des Tieres und trieb es auf Theresa zu. Sie stand wie erstarrt, da fühlte sie plötzlich, wie sich ein starker Arm um sie legte und ehe sie sich's versah, saß sie auf dem Schimmel und der Fremde hielt sie fest und sie vergrub den Kopf an seiner Schulter und wollte nichts mehr sehen und hören.

Das Feuer knisterte und flackerte fröhlich. „Hier." Der Fremde tauchte unvermittelt von Theresa auf und drückte ihr ein Stück Brot in die Hand. Sie schüttelte leicht den Kopf. Was war passiert? Wie war sie hier gelandet? Sie stellte fest, dass sie mit dem Rücken an einem Baumstamm lehnte, ein Mantel lag über ihren Beinen, ganz in der Nähe grasten die Pferde. Wie war sie nur hierhin geraten? Der Blaurock fiel ihr ein und sie fuhr heftig zusammen.

„Ganz ruhig, du bist in Sicherheit." Der Fremde setzte sich neben sie. „Sie sind tot. Sie können dir nichts mehr tun."

Ja. Sie waren tot. Sie nickte. Das war ein Albtraum, ein einziger Albtraum.

„Wie heißt du?"

„Theresa", sagte sie leise.

„Ich bin Kieran MacDonald", lächelte er. „Ich habe dir das schon drei Mal erzählt, aber ich bin nicht sicher, ob du mich zuvor gehört hast."

„Kieran", wiederholte sie.

„Du hattest einen schweren Schock, aber das wird schon. Lass dir einfach Zeit. Hier." Er drückte ihr einen Becher Wasser in die Hand und sie trank mit zitternden Händen.

„Ich weiß, das hier ist nicht mein Clangebiet. Ich bin auch nur auf der Durchreise. Aber egal, aus welchem Clan du stammst, egal, ob du eine

Lowlanderin bist oder gar eine Engländerin, ich werde dich nicht anrühren, das verspreche ich dir. Schlimm genug, dass diese Barbaren unser Land verwüsten und vor nichts und niemandem Halt machen. Ich will nicht so sein wie sie."

Sie nickte und schob sich das Brot in den Mund. Es war ziemlich trocken, aber besser als nichts und es weckte wieder ihre Lebensgeister und zum ersten Mal besah sie den Fremden vor sich genauer. Er trug einen Rock mit schwarz-rot-weißen Karomuster und ein einfaches, ziemlich schmutziges Hemd, das wohl einmal weiß gewesen war.

„Woher kommst du?", fragte er.

Sie schüttelte den Kopf.

Er runzelte die Stirn. „Du musst es mir nicht sagen, aber wie gesagt, du hast nichts vor mir zu befürchten. Ich gebe dir mein Ehrenwort."

„Ich weiß nicht", murmelte sie.

Er nickte knapp. „Ich werde dich nicht weiter drängen."

Sie hatte ihn in seiner Ehre gekränkt. „Ich ... ich weiß nicht, woher ich komme", gestand sie.

„Oh", murmelte er. „Der Schock. Keine Sorge, das geht vorbei."

Ich bin mir nicht sicher, dachte sie bang. Etwas stimmte nicht, sie wusste aber nicht genau, was. „Ich ... ich möchte dir danken, dass du mich gerettet hast", sagte sie fest.

„Nichts zu danken. Diese Rotröcke sind die Pest." Sein Blick verdunkelte sich. „Mein Clan hat beschlossen, nicht bei Culloden zu kämpfen, und trotzdem sind sie gekommen und haben unsere Felder und Dörfer angezündet. Wir konnten die meisten Frauen und Kinder in Sicherheit bringen, doch einige waren zu alt oder zu krank und die Frau meines Bruders lag mit Wehen im Kindbett. Sie konnten nicht schnell genug fliehen. Die Rotröcke haben ihr den Bauch aufgeschnitten und das Kind herausgezogen und die beiden zum Sterben liegengelassen und meinen Bruder geblendet ..." Seine Stimme brach.

„Das ... Das tut mir unendlich leid." Impulsiv berührte sie ihm am Arm und zog ihre Hand gleich wieder zurück. War sie ihm zu nahe getreten?

„Sie habe Unvorstellbares getan", stieß er heiser hervor und ließ den Kopf sinken, da schlang sie ihre Arme um ihn und presste ihn an sich. Schluchzen schüttelte ihn, doch nur einen Moment, dann legte er seine Hände auf die ihren, führte sie an seine Lippen und hauchte einen Kuss darauf. „Ich habe mir geschworen, so viele Rotröcke wie möglich zu töten und so viele Menschen wie möglich zu warnen und zu retten."

„Du bist ein Held", sagte sie leise.

„Ein Held? Sicher nicht." Er schüttelte den Kopf. „Ich tue nur das, was in meiner Macht steht. Wäre ich ein Held, dann hätte ich dem Willen meiner Familie getrotzt und wäre in die Schlacht von Culloden gezogen."

„Und niedergemetzelt worden wie die anderen", sagte Theresa.

Er sah ihr in die Augen. „Du sprichst sehr direkt, Theresa. Und von deiner Sprechweise scheinst du keine Highlanderin zu sein."

Sie senkte den Blick.

„Und deine Hände sind zart und weich, du hast nie auf den Felder gearbeitet."

Sie musste schlucken. Das war möglich.

„Ich bin dir zu Diensten. Wohin soll ich dich geleiten?" Seine blauen Augen bohrten sich in die ihren.

„Ich weiß es nicht", sagte sie hilflos. „Ich ... ich weiß nur eins."

„Und was?"

Sie beugte sich vor und legte ihre Lippen auf die seinen.

Er zuckte zurück. „Theresa ... Du scheinst nicht zu wissen, wer du bist und du weißt nichts von mir. Und außerdem, du wurdest gerade beinahe ... das ist keine gute Idee, wir können nicht ..."

„Ich will dich", sagte sie leise. „Das weiß ich. Und ich weiß, dass es keine Sünde ist." Bin ich eine Dirne?, fragte sie sich bang. War ich deswegen allein unterwegs? Aber egal, was sie vorher gewesen war, in dem Moment fühlte es sich richtig an, Kieran zu küssen. „Ich weiß, dass du ein guter Mann bist und mir nicht weh tun wirst. Ich … Da ist noch immer ein Nebel in meinem Kopf, ich weiß nicht, wer ich bin, aber ich glaube, wenn wir uns lieben … Dann werde ich wieder zu mir finden."

Da legte er seine Lippen auf die ihren und sie öffnete ihren Mund. Sofort spürte sie seine Zunge an der ihren, er wollte sie genauso sehr wie sie ihn. Seine Hände legten sich auf ihren Busen, schoben sich unter ihr Mieder und sie stöhnte lustvoll auf, als er sanft ihre Brüste knetete. Hektisch löste sie die Verschnürung und gab ihm mehr Freiraum, den er sofort nutzte, indem er seine Lippen um ihre linke Brustwarze schloss. Sie stöhnte auf und wölbte den Rücken. Seine Hand legte sich auf ihren Schenkel, blieb aber auf ihrem Rock liegen.

Hastig zog sie den Stoff nach oben und entblößte ihre Oberschenkel.

Er ließ ab von ihr und sah ihr in die Augen. „Theresa …"

Da nahm sie seine Hand und legte sie auf ihr nacktes Bein. Er nickte und lächelte und strich sanft über ihre Haut. Es kitzelte, sie musste sich zwingen, ein Kichern zu unterdrücken und dann spürte sie seine Finger auf ihrer Klitoris. Sie stöhnte unwillkürlich auf. Es tat gut, was er da tat, so gut … Er küsste sie innig, dass ihr die Luft wegblieb, seine Zunge schob sich erneut zwischen ihre Lippen und seine Finger taten Dinge mit ihr ... Sie war feucht und bereit, doch noch tat er nichts, um sie aus dieser süßen Qual zu erlösen.

Ein Schub Hitze jagte durch ihren Körper. Sein Daumen legte sich kraftvoll auf ihre Perle, gleichzeitig fingen seine weichen Lippen erneut ihre linke Brustwarze ein. Er saugte hart daran und sie stöhnte auf, ihr Inneres erbebte, da spreizte er auch schon ihre Beine, nestelte an der Verschnürung seiner Hose und befreite sein pralles Glied. Er rieb sich noch einen Moment an ihrer Klitoris, dann drang er kraftvoll und tief in sie ein.

Sie stöhnte auf. Oh, das war gut, wie lange hatte sie schon nicht mehr ... Er küsste sie sanft und zärtlich, während er weiter in sie vorstieß, tiefer und tiefer, und als er sich aus ihr zurückzog, schlang sie ihre Arme und Beine um ihn, sie brauchte seine Nähe, sie wollte ihn dicht an ihrem Körper spüren.

Er lachte leise. Seine Hände legten sich auf ihre Brüste und rieben sanft darüber. Erneut stieß er tief in sie, sie stöhnte tief und kehlig. Langsam und rhythmisch bewegte er sich in ihr, behutsam schob er sich immer weiter vor, jedes Mal etwas kraftvoller und stärker und entfachte das Feuer in ihr, es loderte auf und entzündete sie ganz, mit Haut und Haar, und erhitzte sie, jeder Stoß trieb sie weiter hinein und sie stöhnte auf, gab sich hin und ließ sich fallen und wegtragen und kam und stöhnte vor Lust und in dem Moment kam auch der Highlander und erfüllte sie mit seinem heißen Liebessaft.

Ermattet lag sie in seinen Armen und blickte in die Wipfel der Bäume. Lange hatte sie sich nicht mehr so erfüllt und befriedigt gefühlt, es war wie damals mit Josh ... In dem Moment kehrte die Erinnerung zurück.

Sie blieb noch einen Moment liegen, während es langsam um sie herum heller wurde. Es war wie ein Traum, dachte sie, ein schöner Traum, aus dem man erwachte und hoffte, doch noch etwas länger darin zu verweilen ... Vergebens. Sie atmete tief durch, dann setzte sie sich langsam auf. Verstohlen blickte sie sich um, dann griff sie rasch nach ihrer Kleidung und zog sich an, kurz darauf öffneten sich lautlos die Türen und sie trat hinaus auf den von Tageslicht durchfluteten Flur. Es hatte sich so real angefühlt, als ob sie wirklich in den Armen des Highlanders gelegen war! Wie machte Love Unlimited das nur? Waren es Roboter, die ihre Lust entfachten oder tatsächlich nur Düfte, die sie erregt und stimuliert hatten? Auf jeden Fall war sie feucht geworden, daran bestand kein Zweifel, und sie fühlte sich so entspannt und befriedigt wie lange nicht mehr und in dem Moment wusste sie, dass sie die Dienste der Love Unlimited Inc. nicht zum letzten Mal in Anspruch genommen hatte.

Highland Fantasy

Der Korb wog Tonnen, dachte Emilia und biss die Zähne aufeinander. Es war noch so weit bis zum Markt, wieso hatte sie nicht den Wagen genommen? Weil ihr Vater ihn brauchte, fiel ihr ein. Seufzend blieb sie stehen, stellte ihre Last auf den Boden und verschnaufte. Ich muss unbedingt heiraten und zwar bald, stellte sie für sich fest.

„Hallo Emilia."

Sie zuckte zusammen, als ein junger Mann aus dem Wald trat. Er trug die einfache Bauerntracht eines unverheirateten jungen Mannes. „Arnald!"

„Ganz allein unterwegs?"

Sein Gesichtsausdruck gefiel ihr nicht. „Vater ist mit dem Wagen nach Inverness", gab sie widerwillig Auskunft.

„Und du gehst zum Markt?"

Sie nickte.

„Emilia ..." Er trat nah an sie heran. „Es freut mich, dich hier zu treffen ... Ehrlich gesagt habe ich beobachtet, wie du die Farm verlassen hast und ich bin sehr froh, dass du allein bist."

Ihr Magen krampfte sich nervös zusammen. Er wollte doch nicht etwa zudringlich werden?

„Emilia ... Du bist noch unverheiratet, obwohl du keine junge Frau mehr bist."

Ich bin siebenundzwanzig, dachte sie und senkte den Kopf.

„Ich ... Trotzdem begehre ich dich."

Vielen Dank, dachte sie spöttisch.

„Ich begehre dich schon lange und ich wollte dir sagen …"

Was soll das werden?, fragte sie sich erschrocken. Er will doch nicht etwa um meine Hand anhalten? Sie sah ihn an. Schlecht sah er ja nicht aus, und vermutlich sollte sie sich glücklich schätzen, einen Mann wie ihn zu finden, lediglich etwas älter als sie selbst … Ihr Vater hatte ihr schon gedroht, sie mit den alten Witwer Collins zu verheiraten … Er wirkte immer ein bisschen zurückhaltend, und er war sicherlich nicht mit überdurchschnittlicher Intelligenz gesegnet, aber was konnte sie als Bauerntochter schon erwarten …

Er grinste. „Ich will dich ficken."

„Was?!" Vor Schreck hätte sie beinahe den Korb fallen gelassen.

„Einen Ehemann wirst du sowieso nicht mehr finden." Er zuckte die Achseln. „Bist du noch Jungfrau?"

„Was?" Äh … Um Gottes Willen. „Verpiss dich", fauchte sie.

„Ich mag Jungfrauen, sie sind so eng."

Fassungslos starrte sie ihn an. Jetzt griff er sich auch noch in den Schritt …

„Aber natürlich ficke ich dich auch, wenn du keine mehr bist."

„Ich werde nicht mit dir … schlafen", presste sie hervor. „Eher friert die Hölle zu."

„Du hast mich schon damals abblitzen lassen, weil du darauf hofftest, den jungen Malcolm zu ehelichen. Zu dumm, dass er in der Schlacht von Culloden gefallen ist."

Oh ja, genau. Und sie hatte sich geschworen, niemals zu heiraten. „Ich ... Verschwinde", knurrte sie und schnappte sich den Korb. „Ich gehe jetzt zum Markt und wir vergessen beide, dass wir diese Konversation je geführt haben."

„Nicht so schnell." Er packte sie am Arm.

Sie holte aus, um ihm eine Ohrfeige zu verpassen, doch er hielt ihre Hand fest und bog ihren Arm nach unten. Sie schrie auf und ließ den Korb fallen. Der Schmerz zwang sie in die Knie. Er verpasste ihr eine kräftige Ohrfeige, die ihren Kopf zurückkriss. Mit der linken Hand zog er seine Hose herunter, mit der rechten griff er in ihren Ausschnitt und knetete ihre Brüste.

„Lass mich los!", brüllte sie. Unbeeindruckt verpasste er ihr zwei weitere Ohrfeigen, die sie benommen taumeln ließen, und packte sie an den Haaren. „Du wirst mir jetzt den Schwanz lutschen, sonst ..."

„Sonst was?"

Sie zuckte zusammen. Ein Mann trat auf die Lichtung. Er kam ihr vage bekannt vor. In der Hand trug er ein Schwert, seine Miene wirkte grimmig. „Lady, seid Ihr in Bedrängnis?"

„Ich ... Äh ...", stammelte Arnald, ließ Emilia los

und trat zwei Schritte zurück. „Verzeiht, Herr, ich ...“ Er deutete eine Verbeugung an und dann lief er los, in den Wald, und verschwand im Schatten der Bäume.

„War das der Sohn von William?“, fragte der Fremde. „Ich werde ihn aufspüren und auspeitschen lassen.“

„Äh .. Er ...“ Sie konnte keinen klaren Gedanken fassen. Nicht nur, weil ihr Gegenüber ihren Peiniger vertrieben hatte.

„Hat er Euch weh getan?“ Er steckte das Schwert in die Scheide.

„Er ... Ich ... Äh ...“ Oh Gott. Sie kannte diesen Mann. Das war Colin, der Sohn des Laird! Schon als Mädchen hatte sie für ihn geschwärmt. Sie betrachtete ihn verstohlen. Er trug – um Gottes Willen – ein weißes Hemd, schwere schwarze Stiefel und einen Kilt. Himmel, einen dunkelgrünen Kilt mit dunkelrotem Karomuster! Und er sah nicht schlecht aus, fand sie, überhaupt gar nicht schlecht, dazu war er einen Kopf größer als sie und hatte dunkles Haar und dunkle Augen und dieses Lächeln ... Er war der Typ Mann, der sie normalerweise komplett ignorierte, aber gerade stand er vor ihr und er hatte sie vor Arnald gerettet ... Und jetzt trat er auf sie zu und half ihr, aufzustehen und ergriff ihren Korb und reichte ihr seinen Arm, wie einer vornehmen Dame! „Komm, ich bringe Euch höchstpersönlich zum Markt, da wird niemand es wagen, Euch noch einmal zu belästigen."

„Danke, Herr." Zitternd legte sie ihre Hand auf seinen Unterarm.

Er schwang ihren schweren Korb in den Armen, als ob er nichts wog und grinste sie an, was ihre Knie weich werden ließ. Jetzt zog er auch noch das Tuch vom Korb und besah sich die Äpfel und die Flaschen mit dem Emblem des traditionellen Glencoe-Whisky.

„Ein edler Tropfen", grinste er. „Hast du etwas dagegen, wenn ich einen Schluck nehme?"

„Ich bin Eure Dienerin, nehmt", hauchte sie.

Er nahm eine Flasche heraus, löste den Korken und nahm einen kräftigen Schluck. „Wollt Ihr auch?"

„N-nein, Herr", stammelte sie.

Der junge Laird hatte sie vor Arnald gerettet und geleitete sie zum Markt! Sie konnte es noch immer nicht begreifen. In ihrem Kopf herrschte heilloses Chaos.

„Ich bestehe darauf", sagte er liebenswürdig und sie nahm gehorsam einen Schluck. Der Whisky war stark und brannte in ihrer Kehle, sie musste sogar huste.

Er lachte auf. „War wohl etwas stark für dich? Nun ja." Er steckte die Flasche zurück in den Korb und sie schritten weiter.

Ihre Knie schlotterten noch immer. Der junge

Laird. War denn das zu fassen! In dem Moment stieß sie mit dem Fuß gegen eine Wurzel und stolperte, und sie wäre gefallen, wenn er sie nicht geistesgegenwärtig festgehalten hätte. „Hoppla!" Er sah ihr in die Augen. „Alles in Ordnung?"

„Ja, Herr", murmelte sie und musste schlucken.

„Dann komm." Er führte sie weiter, doch statt dem breiten Weg zu folgen, lotste er sie zu einem Pfad, der hinter den Bäumen verschwand.

„Herr, ich muss zum Markt", sagte sie verwirrt.

„Ich werde dir die Ware abkaufen, die übrig ist", versprach er ihr feierlich. „Komm, ich will dir etwas zeigen."

Überrascht folgte sie ihm in den Schatten der Bäume. Schon bald konnte sie den Weg hinter sich nicht mehr erkennen. Was will er mir nur zeigen, fragte sie sich und blieb überrascht stehen. Ein kleiner Bach plätscherte fröhlich vor sich hin, auf der anderen Seite des Ufers erhoben sich mächtige Felsen, wie bei einer kleinen Schlucht. Die Blätter der Bäume und Sträucher und das Moos am Waldboden und an den Baumstämmen schienen ihr unglaublich grün zu sein. „Es ist herrlich", seufzte sie.

„Ich dachte mir schon, dass es dir gefällt." Er lächelte und ergriff ihrer Hände. Sie sah zu ihm hoch. Das Blau seiner Augen ...

„Mädchen ... Ich glaube, du hast dich noch nicht angemessen bei mir bedankt."

„Ich ... Äh ...“ Fragend blickte sie ihn an. Was wollte er von ihr? In dem Moment legte er seine Hände auf ihre Brüste. Sie sah Arnald vor sich und fuhr erschrocken zurück. „Ich ... Herr ... Entschuldigt, aber ...“

„Scht“, machte er, als wollte er ein nervöses Pferd beruhigen. „Ich werde ganz sanft sein.“

Das Blut schoss ihr in die Wangen. Er wollte doch nicht ... Er konnte doch nicht ... „Bitte, Herr, Arnald hat mich ganz durcheinandergebracht, ich kann das jetzt nicht.“

„Ganz ruhig. Es wird dir schon gefallen.“ Er trat dicht vor sie hin und legte seine Lippen auf die ihren und seine Hände erneut auf ihre Brüste. Nein, dachte sie. „Bitte, Herr.“ Sie ergriff seine Hände und machte einen Schritt zurück.

Er runzelte die Stirn. „Ich habe dich gerettet.“

„Das habt Ihr.“ Sie nickte. „Und ich danke Euch dafür. Und unter anderen Umständen ... Aber jetzt kann ich einfach nicht.“

„Du verweigerst dich mir?“, grollte er.

„Bitte, Herr ...“

„Hättest du dich lieber von dem Bauern besteigen lassen?“

„Herr ...“ Bestürzt blickte sie ihn an. „Herr, ich bin Euch dankbar, dass Ihr mich gerettet habt. Aber bitte versteht doch ...“

„Du bist meine Leibeigene, du wohnst auf meinem Land, du gehörst mir. Mein Vater hat mir erzählt, dass deine Mutter vor ihrer Heirat ein hübsches Mädchen war und dass er sie oft und gerne gevögelt hat. Du bist zwar noch durchaus ansehnlich, aber keinesfalls so jung wie sie damals und solltest mein Geschenk dankbar annehmen."

„Ich ..." Was erzählte er denn da nur? Glaubte er ernsthaft, dass sie nach diesen Worten willig die Röcke heben würde? Sie erinnerte sich, ihre Mutter hatte ihr einmal gesagt, dass der Tag kommen könnte, an dem der Laird sie für sich beanspruchen würde ... Er hatte es nie getan, vermutlich, weil es immer hübschere Frauen als sie gegeben hatte ... „Herr ... Ich bin fast vergewaltigt worden und zittere noch immer. Bitte, bedrängt mich nicht." Gruselig, dass ich ihm das erklären muss, dachte sie beklommen.

„Ich habe mehr Dankbarkeit erwartet", schnaubte er.

„Bitte, Herr. Versteh doch. Ihr habt mir beigestanden gegen den Mann, der sich mir aufzwingen wollte, und dafür bin ich euch dankbar, aber nun zwingt Ihr Euch mir auf die gleiche Weise auf."

„Auf die gleiche Weise?" Er lachte. „Er war nur ein stinkender, armer, hässlicher Bauer, aber ich bin der Sohn eines Lairds und werde eines Tages selbst Laird sein, ich bin gepflegt und wasche mich regelmäßig, ich trimme meinen Bart und durfte nach Rosenwasser. Welcher Bauer kann das schon von sich behaupten? Die Mädchen und Frauen aus dem Dorf schmachten mich an und keine von ihnen würde sich mir verweigern, ja, sogar die züchtigsten Mädchen machen mir Avancen und auch die verheirateten Frauen spreizen ihre Schenkel, ohne dass ich sie darum bitten muss, und sie genießen es, wenn ich sie ficke, ja, sie betteln förmlich darum, dass ich es ihnen besorge, weil sie sich lieber von mir besteigen lassen als von ihren stinkenden Bauerngatten."

Sie musste schlucken. „Herr ... Bitte vergebt mir, ich bin einfach so aufgewühlt ..."

„Jetzt sei endlich still." Er legte seine Hände wieder auf ihre Brüste. „Es wird dir schon gefallen. Wenn man vom Pferd gefallen ist, muss man auch gleich wieder aufsteigen."

Was?!, dachte sie fassungslos.

„Ich möchte, dass du dich ausziehst und dich dort auf das Moos legst und die Beine für mich spreizt."

Er würde darauf bestehen. „Ja, Herr", murmelte sie.

Er ließ sie los.

Sie legte ihre Hand auf das Mieder, als ob sie die Verschnürung lösen wollte und machte drei Schritte zum Moosbett hin, und dann raffte sie die Röcke und stürmte los.

„Hey!", rief er, aber sie achtete nicht weiter auf ihr, so schnell sie konnte, eilte sie durch das Unterholz, Zweige peitschten ihr ins Gesicht, Äste verfingen sich in ihrem Rock und versuchten, sie zu bremsen. Sie rannte, so schnell sie konnte. Sie wusste nicht genau, ob er ihr folgte, das Blut rauschte in ihren Ohren. Sie lief, bis sie keine Luft mehr bekam und notgedrungen stehen blieben musste, um nach Luft zu schnappen. Dabei spähte sie voll Furcht nach allen Seiten. Keine Spur vom Laird. Offensichtlich hatte sie ihn abschütteln können. Puh. Das war knapp gewesen. Erst Arnald und dann das ... Was für ein furchtbarer Tag. Der Whisky fiel ihr ein. Sie hatte den Korb stehen lassen. Ihr Vater würde sie schlagen. Vielleicht würde er gar von ihr verlangen, zum jungen Laird zurückzukehren und ihn tun zu lassen, wonach es ihm gelüstete ... Und wenn sie das tat, würde der Laird sie sicher öffentlich verspotten und sie vielleicht auch schlagen. Was sollte sie jetzt tun? Ich muss zurück zur Straße, dachte sie. Vielleicht sollte ich weglaufen, nach Inverness? Das würde bedeuten, dass sie nie zurückkehren könnte, das wüsste sie. Und der Laird würde ihre Eltern und Geschwister dafür bestrafen ...

Langsam und mutlos folgte sie dem Pfad, bis dieser auf die Straße führte. Seufzend blickte sie zurück Richtung Heimat und schrak heftig zusammen. Denn da stand der junge Laird neben einem prachtvollen weißen Pferd und grinste sie spöttisch an. „Hast du wirklich geglaubt, du könntest mir entkommen? Diese Wälder sind mein Zuhause. Wenn du möchtest, jage ich dich noch ein Weilchen, bis du zu müde bist zum fortlaufen. Allerdings werde ich dir dann tüchtig den Hintern versohlen. Wenn du jetzt deine Röcke für mich hebst, werde ich noch einmal Gnade vor Recht ergehen lassen. Wofür entscheidest du dich?"

Ich will nicht, dachte sie. Und ich kann nicht einfach klein beigeben. Sie warf ihm einen wütenden Blick zu und dann lief sie erneut los, in Richtung Dorf. Schon tauchte vor ihr der Bach auf. Hastig eilte sie durch das flache Wasser der Furt, das zunehmend tiefer wurde. Der Bach war angeschwollen, in den letzten Tagen hatte es viel geregnet ... Es kostete Zeit, Zeit, die sie nicht hatte. Sie hörte ihn lachen. Eine schlechte Idee, hier durchzuwaten, dachte sie erschrocken. Ich hätte mich lieber in die Büsche schlagen sollen ...

In dem Moment hörte sie Hufschlag und das Bellen von Hunden. Oh Gott, das ist der Laird selbst, dachte sie erschrocken. Er wird mich ... Schon stürzte die Hundemeute ein Stück vor ihr aus dem Unterholz über die Straße und verschwand laut bellend gleich wieder im Wald, ohne auf sie zu achten, ein junger Mann auf einem flinken Pony hetzte hinter ihnen her durch das Bachbett und Emilia machte einen Satz zur Seite, um nicht unter die Hufe zu kommen. Da preschte auch schon ein gewaltiger schwarzer Hengst heran und kam genau auf sie zu. Sie blieb erschrocken stehen und der Reiter zügelte sein Pferd im letzten Moment und ließ das Tier an ihr vorbeitänzeln. Der Neuankömmling sah dem jungen Laird verblüffend ähnlich, stellte Emilia fest. Ihre Augen hatten fast das gleiche Blau und auch der Kilt hatte das gleiche Muster. Ihr Mut sank. Zwei von der Sorte.

„Cousin Johnny", sagte der Neuankömmling gedehnt. „Auch auf der Jagd, wie ich sehe?"

„So ist es, Kenny", knurrte der junger Laird. Er verharrte mit seinem Pferd mitten im Bach, stellte Emilia fest, und sein Gesichtsausdruck wirkte verkniffen.

„Ich fürchte, was du auf mein Land treibst, gehört mir. So haben es unsere Väter vereinbart."

„Sie ... Sie ist eine Diebin und ich werde sie bestrafen", knurrte der Laird. „Ich werde sie mir holen."

„Versuch das ruhig", sagte der Mann namens Kenny und zog sein Schwert.

Verwirrt blickte Emilia von einem zum anderen.

„Du bist bereit, für eine dumme Magd das Schwert zu ziehen?", fragte der Laird ungläubig.

„Das ist doch nur ein dummes Bauernmädchen."

„Ich habe geschworen, die Schwachen zu beschützen", knurrte Kenny. „Aber ich würde mich auch darüber freuen, heute dein Blut zu vergießen."

Der Laird musterte ihn kalt, dann trat er seinem Pferd grob in die Flanken. Das Tier wieherte gepeinigt und bäumte sich auf, sein Reiter riss heftig am Zügel und das Pferd galoppierte davon und verschwand bald darauf hinter den Bäumen.

„Gut", knurrte Kenny. „Den sind wir los. Fast schade, dass er nicht kämpfen wollte ... Egal. Wie heißt du?"

„Emilia", sagte sie zögernd. „Herr, ich danke euch, dass Ihr mich gerettet habt, aber ich muss jetzt gehen."

„Wohin?"

Gute Frage.

„Wenn du zurückgehst, wird er dir Gewalt antun. Ich biete dir an, mit mir auf meine Burg zu kommen. Ich kann eine tüchtige Magd immer gebrauchen."

„Danke, Herr", sagte sie leise und senkte den Kopf. „Aber ... Vielleicht werde ich mich Euch gegenüber als nicht so dankbar erweisen, wie Ihr es erhofft."

„Ich erhoffe mir eine Hilfe für meine Burg", sagte er. „Ich weiß, dass kein Mädchen und keine Frau vor John MacDonald und seinem Vater auf ihren Ländern sicher ist. John ist mein Cousin, das ist wahr, aber auf meinem Land dulde ich weder Missbrauch noch Vergewaltigung."

Sie sah zu ihm hinauf. Seine blauen Augen bohrten sich in die ihren. Er schien es ernst zu meinen. Sie nickte. „Ich werde Euch folgen."

„Es sind fünf Meilen zu meiner Burg", meinte er. „Es ist besser, wenn Ihr mit mir reitet. Ist das für Euch genehm?"

„Ich ... Äh ... In Ordnung", stammelte sie, da packte er sie auch schon, zog sie auf seinen Hengst und legte einen Arm um sie.

In dem Moment hörte sie wieder Hundegebell in der Ferne.

„Ich habe Eure Jagd ruiniert", stellte sie fest.

„Das macht nichts", lächelte er. „Es geht doch nichts darüber, eine Jungfrau in Not zu retten." Er zwinkerte ihr zu und sie wurde rot. Verheiratet bin ich nicht, aber sicher auch keine Jungfrau, dachte sie.

Sein Pferd setzte sich in Bewegung und er hielt sie in seinen Armen, damit sie nicht herunterfiel. Sie fühlte sich unglaublich sicher und beschützt und da war noch mehr. Er sah gut aus, er hatte sie beschützt, er drängte sich ihr nicht auf ... Vielleicht ...

Bald darauf erreichten sie die Burg. Sie war relativ klein, stellte sie fest, kleiner als die des Laird, mit lediglich einem trutzigen, steinernen

Turm, umgeben von mehreren Holzhäusern, einer vielleicht drei Meter hohen Steinmauer und einem Wassergraben. Die Zugbrücke war heruntergelassen und er ritt stolz mit ihr in den Innenhof.

„Kenny!" Eine hübsche junge blonde Frau trat aus den Ställen und strahlte ihn an.

Der Highlander ließ Emilia behutsam zu Boden sinken, dann kletterte er von seinem Hengst, umarmte die Frau und küsste sie stürmisch. „Emilia, das ist meine Frau Catriona", stellte Kenny sie vor.

Emilia starrte die junge Frau an. Er war verheiratet? Natürlich war er das. Aber ...

„Willkommen", sagte Catriona. „Woher kommst du?"

„Ich habe sie vor Cousin John gerettet", warf Kenny ein.

Ein Schatten legte sich auf Catrionas Gesicht. „Keine Frau ist vor ihm sicher. Sogar mir hat er schon nachgestellt. Aber keine Sorge, hier kann er dir nichts tun. Es gibt viel Arbeit auf der Burg, ich freue mich, dass du nun zu uns gehörst. Ein tüchtiges Paar Hände können wir immer gebrauchen. Möchtest du der Köchin zur Hand gehen oder lieber in den Ställen helfen?"

„Ich möchte im Haus helfen", sagte sie leise.

Catriona lächelte herzlich. „Gut, dann bringe ich dich gleich hinein."

Den Rest des Tages war Emilia damit beschäftigt, Wasser aus dem Brunnen zu holen und Gemüse zu schneiden. Nichts, was sie sonst nicht auch tat. Aber die Arbeit ging ihr nur schwer von der Hand. Hin und wieder hörte sie die Stimme ihres neuen Herrn. Nicht daran denken, schalt sie sich. Er ist verheiratet.

Am Abend brachte sie Kenny und seiner Frau das Essen in den Rittersaal und reichte ihnen Bier und Wasser. Mit demütig gesenktem Kopf wartete sie auf ein Zeichen, ihnen zu Diensten zu sein, während Catriona ihrem Mann erzählte, was alles am Tag auf der Burg passiert war. „Ich werde nun zu Bett gehen", sagte sie schließlich und verschwand bald darauf, während der Herr noch sitzen blieb. Sie sah, dass er sie beobachtete, wie sie den Tisch abräumte. „Du darfst dich zurückziehen, wenn du es möchtest", sagte er leise und sie nickte, knickste und bedankte sich artig.

Bald darauf lag sie in ihrer Kammer. Sie hatte eine eigene Kammer mit einem eigenen Bett! Sie hatte ein Bett! Es war warm und bequem, viel besser als das zu Hause. Was für ein Luxus, nicht am Kamin schlafen und ihren Eltern dabei zuhören zu müssen, wie sie es in der benachbarten Kammer miteinander trieben ... Sie schüttelte sich heftig. Sie war müde, es war ein langer Tag gewesen, aber an Schlaf war nicht zu denken. Zu viel ging ihr durch den Kopf. Arnald, der junge Laird und nicht zuletzt Kenny ... Er ist verheiratet, dachte sie. Schlag ihn dir aus dem Kopf.

Der Mond schien sanft zu ihr hinein. Sein sanftes Licht empfand sie als beruhigend und wohltuend. Ich bin in Sicherheit ... Alles wird gut, sagte sie sich. Sie wusste, sie sollte dankbar sein für das, was Kenny ihr bot, sie war doch nur ein armes Bauernmädchen gewesen und jetzt immerhin eine Magd. Trotzdem ...

Es klopfte leise.

Überrascht richtete sie sich auf. „Ja?"

Kenny schlüpfte durch die Tür.

Sie erstarrte.

Er lehnte sich an die Wand und seufzte schwer. „Ich weiß, es ist völlig unangemessen, aber ich kann nicht aufhören, an Euch zu denken."

Großer Gott, dachte sie.

„Ich habe Euch gesagt, dass ich keinen Missbrauch dulde, und ich stehe dazu. Wenn Ihr wollt, dass ich gehe, reicht ein Wort von Euch, und ich werde Euch nie wieder in dieser Kammer aufsuchen."

„Herr", krächzte sie. „Ihr seid verheiratet!"

„Ich weiß." Er klang gequält. „Der Geist ist willig, aber das Fleisch ... Ich liebe meine Frau, aber ich kann dich nicht vergessen, und sie ist gerade unpässlich ..."

Sie atmete tief durch. „Herr ..." Es fiel ihr nicht

leicht, das zu sagen. „Herr, dann geht zu Eurer Frau. Ich will nicht zwischen Euch und Eurer Frau stehen." Einen Moment hoffte sie, er würde nicht zu seinem Wort stehen und sie erneut bitten, ihn in ihr Bett zu lassen oder sich neben sie setzen, um sie zu küssen.

Doch er tat nichts dergleichen, stattdessen blickte er nur traurig drein, nickte langsam und verschwand.

Sie starrte zur Decke. Idiotin, schalt sie sich. Er ist heiß, ich will ihn, er will mich. Aber er ist verheiratet, und wenn wir miteinander schlafen und ich schwanger werde ... Es ist nicht fair seiner Frau gegenüber. Es geht einfach nicht. Verdammt, jeder Laird hat das Recht, seiner Magd jederzeit beizuwohnen, fiel ihr ein. Und weder die Magd noch die Frau kann etwas dagegen tun. Er hätte mich auch einfach nehmen können, sein Wort hin oder her. Aber ... Sie seufzte. Sie wollte ihn, aber es fühlte sich nicht richtig an. Es ging einfach nicht.

In dieser Nacht fand sie keinen Schlaf und haderte mit dieser verpassten Chance und auch das Wissen, dass sie richtig gehandelt hatte, tröstete sie kaum. Aber dann hätten wir uns geliebt und ich hätte den Rest der Zeit ein schlechtes Gewissen, sagte sie sich. Aber er ist der Herr, er darf das ... Aber die arme Catriona ...

Im Morgengrauen stand sie auf, wie es ihre

Pflicht war. Als sie in den Hof trat, stand der Laird schon da und sattelte gerade eine braune Stute ab. Er war des nachts ausgeritten? „Guten Morgen, Herr", sagte sie leise.

Er wandte sich ihr zu. „Guten Morgen." Seine Augen wurden groß. „Was für ein erfreulicher Anblick am frühen Morgen. Wer seid Ihr?"

Sie runzelte die Stirn und besah ihn sich genauer. Oh, das war nicht Kenny!, stellte sie überrascht fest. Aber er sah ihm ziemlich ähnlich.

„Ich bin Emilia, die neue Magd", stellte sie sich vor.

„Freut mich." Er lächelte. Gott, er sah fast genauso aus wie Kenny. „Ich bin Danny, Kennys Zwillingsbruder." Das erklärte so manches. „Allerdings bin ich ein Ritter des Königs und nur zu Besuch hier."

„Willkommen", hauchte sie. Ein Zwillingsbruder! Der nur zu Besuch war! Der vielleicht eine Frau hatte, die aber hoffentlich nicht in der Nähe der Burg war ...

„Ist Lenny schon da?"

„Bitte?", fragte sie.

„Wir sind zu dritt." Er grinste. „Oh, ich kann mir vorstellen, das muss ein Schock für dich sein. Lenny ist ein Jahr jünger als wir, aber er sieht uns sehr ähnlich."

Drei, dachte sie fassungslos. Drei Brüder! „Ich ... ich werde alles vorbereiten", rief sie. Hastig eilte sie in die Küche und kümmerte sich um das Frühstück und bald traf auch Lenny ein. Verstohlen beobachtete sie die drei, als sie ihnen das Essen brachte. Sie sahen sich wirklich ähnlich. Catriona schlief wohl noch, jedenfalls hatte sie sich bisher weder im Saal noch in der Küche blicken lassen.

Die Brüder unterhielten sich über die Dörfer, die sie besuchen und die Felder, die sie inspizieren wollten und bald nach dem Essen polterten sie nach oben, um sich für ihren Ausflug anzuziehen.

Emilia deckte den Tisch ab und putzte emsig, später nahm sie die Speisereste und brachte sie zu den Schweinen. Gerade wollte sie wieder ins Haus zurückkehren, als sie Lenny im Hof stehen sah. Er blickte sich um verstohlen um, ohne sie zu bemerken, und trat hastig in den Pferdestall. Er wirkt so, als ob er nicht gestört werden will, dachte Emilia. Neugier packte sie. Was mochte der Herr wohl zu verheimlichen haben? Rasch quetschte sie sich zwischen Mauer und Stall und lauschte. „Ich brauche dich", hörte sie Lenny sagen. „Mehr als alles andere. Ich muss dich öfter sehen, und nicht nur hier, in Furcht, entdeckt zu werden."

Er hat eine Geliebte, dachte Emilia enttäuscht. Dann ließ ein Gedanke sie zusammenfahren. Wer mochte die Geliebte sein? Was, wenn es sich um

Catriona handelte? Was, wenn Kennys Frau ihren Mann betrog?

„Wir müssen vorsichtig sein." Eine überraschend tiefe Stimme. „Niemand darf uns sehen. Treffen wir uns am Abend im Wald." Ein Mann?, dachte Emilia. Lenny ist schwul? Das darf doch nicht wahr sein? Oder hatte sie die Situation missverstanden?

„Ich gehe besser, Geliebter, niemand darf uns zusammen sehen." Sie hörte Schritte. Hastig spähte sie um die Ecke und sah, wie George, der Verwalter, aus dem Stall trat und sich dem davor angebundenen Pferd zuwandte.

Er ist tatsächlich schwul, stellte Emilia fest. Schockiert lief sie zurück zum Haus, aus dem in diesem Moment Kenny trat.

„Emilia!" Er grinste sie an. „Wir werden mittags am Strand sein. Ich würde mich freuen, wenn du uns einen Korb voll Essen bringst."

„Gerne." Sie knickste tief vor ihm und bemerkte nicht, wie rot sie noch immer im Gesicht war.

Ein paar Stunden später führte sie den Esel in Richtung Strand.

„Folge einfach nur dem Weg über die Hügel", hatte Catriona ihr lächelnd gesagt.

Was für eine edle Herrin, so freundlich und gütig! Ich kann wirklich nicht mit Kenny schlafen, dachte sie. Und mit Lenny offensichtlich auch nicht. Aber vielleicht mit Danny?

Schon von Weitem hörte sie Männerlachen und als sie einen weiteren Hügel erklommen hatte, sah sie eine gewaltige, von grünen Hügeln umrahmte Bucht vor sich mit hellem Kiesstrand und in den Fluten tobten die drei Brüder.

Sie musste lächeln über so viel Ausgelassenheit. Rasch führte sie den Esel direkt an den Strand, wo die Männer ihre Kleidung abgelegt hatten, löste das Bündel und stellte die Schüsseln und Taschen auf den Boden.

„Essen!", rief einer der Brüder, sie hob den Kopf und sah, wie die drei auf sie zukamen. Ihr Blick fiel erneut auf die Kleider am Boden und dann auf die drei Männer, die deutlich nähergekommen waren, denen das Wasser nur noch bis zum Knie reichte und die alle drei splitternackt waren. Hastig wandte sie den Blick ab und tat so, als ob sie mit dem Esel beschäftigt wäre.

„Hühnchen!", rief einer von ihnen.

Sie konnte nicht anders, sie musste einfach einen Blick riskieren. Sie tat es und schrak heftig zusammen. Bei Lenny oder vielleicht auch Kenny, das konnte sie nicht so genau sehen, zog sich eine wulstige Narbe quer über die Brust, sicherlich stammte sie von einem Schwerthieb, und auch sein Bruder hatte mehrere Narben an Oberschenkel und Schulter, aber Danny hatte einen Schwerthieb direkt über den Unterleib erhalten und da fehlte etwas. Da fehlte viel. Hastig wandte sie sich erneut dem Esel zu. Das durfte doch nicht wahr sein ... Der Boden unter ihren Füßen schien plötzlich zu schwanken, Schwindel packte sie.

„Alles in Ordnung?", hörte sie einen der Brüder noch fragen und dann versank sie endlich in den gnädigen Armen einer Ohnmacht.

Furchtbar, dachte Emilia bald darauf, als sie ihre Wohnungstür aufsperrte. So viel Geld ausgegeben – für nichts. Ich sollte dieser verdammten Love Unlimited Firma eine schlechte Bewertung schreiben. Von wegen Liebe und Romantik, was war das nur für ein verdammter Mist gewesen? Nichts wie ran an das Smartphone. Allerdings ... was, wenn jemand herausfand, dass sie da gewesen war ... Und dass es ihr nicht gefallen hatte ...? Etwa Peinlicheres konnte sie sich nicht vorstellen. Alle schwärmten von Love Unlimited, die Schauspielerin Norma Jane genau wie der Rockstar Robin Whyland ... Ihre Freundinnen hatten das natürlich auch schön längst ausprobiert und für toll befunden, sicher werden sie mich für verklemmt halten und sich über mich lustig machen, dachte sie entsetzt.

Oder ... Was, wenn das alles nur Schwindel war, wenn überhaupt niemand auf seine Kosten kam? Unbefriedigt setzte sie sich auf das Sofa. Doch nein, das konnte nicht sein, sonst würde das nicht so gehyped werden.

Es hat doch eigentlich gut angefangen, überlegte sie. Die Highlander-Brüder am Ende, vor allem der Älteste ... Der war schon richtig heiß gewesen. Und diese blauen Augen ... Wie gern hätte sie mit ihm geschlafen. Irgendwie hatte er so ausgesehen wie Sören, fiel ihr ein. Damals in der Uni hatte sie sich in ihn verliebt, obwohl er zehn Jahre älter gewesen und mit ihrer Kommilitonin Luisa verheiratet war, die er geschwängert hatte ... Nach einem Besuch bei der kränklichen Luisa hatte er sie verführt und sie hatten sich ein paar Mal heimlich getroffen, doch sie spürte, dass er seine Frau nicht verlassen würde, die ja auch ein Kind von ihm erwartete, und Emilia hatte nicht länger mit dieser Lüge leben wollen und das Verhältnis schließlich beendet und versucht, Luisa aus dem Weg zu gehen, was allerdings nur bedingt funktionierte. Irgendwie hielten sie auch nach dem Studium noch Kontakt und ein paar Jahre später erzählte Luisa ihr bei einem Kaffee, dass sie sich von Sören getrennt hatte. „Wenn er Sex wollte, dann hatte ich ihm als Ehefrau zu Willen zu sein", seufzte sie. „Ein Nein wollte er nie akzeptieren. Und er hatte auch Affären. Ich wollte es lange nicht wahrhaben, aber er hat sich immer weniger Mühe gegeben, sie vor mir zu verstecken, und am Schluss hat er mir gesagt, ich wäre schuld, weil ich ihn nicht befriedigen konnte", und Emilia war fast umgekommen vor Schuldgefühlen.

Sörens Gesicht überlappte sich mit dem des jungen Laird und verschmolz mit ihm. Emilia stöhnte innerlich. Konnte es sein, dass alle Highlander Sörens blaue Augen gehabt hatten? Sicher, das war ja nur alles in ihrer Fantasie passiert ...

Um sich abzulenken, stellte sie den Fernseher an. Unmotiviert schaltete sie gleich die ersten drei Kanäle weiter. Ich sollte zu einem Streaming-Anbieter wechseln, dachte sie, und direkt danach: Oh, ein historisches Schlachtengemetzel. Mit einem verdammt gutaussehenden Hauptdarsteller. Hieß der nicht Chris Bates oder so? Gerade blickte er wild um sich, überall vor ihm auf dem Boden lagen erschlagene Männer ... Nächste Szene, er ritt auf einem schwarzen Pferd in die Stadt ein. Die Menge jubelte ihm zu, offenbar war er ein Held und hatte alle gerettet. Er stieg ab und schritt die Stufen zu einem Palast hinauf, wo eine junge Frau ihn anstrahlte und sich tief vor ihm verneigte ... Schnitt, Werbung für Zahnpasta. Nein, danke. Genervt schaltete sie den Fernseher aus. Nun denn, dachte sie. Wenn das so ist ... Sie schritt ins Schlafzimmer, machte über ihr Handy Musik an. Bonnie Tylor mit ihrem Holding out for a Hero. Genau das, was sie jetzt brauchte.

Wenig später lag sie splitternackt unter dem dünnen Laken und schaltete den Vibrator ein. Er brummte verheißungsvoll in ihrer Hand. Sanft strich sie über ihren Kitzler und schloss die Augen. Ein Held, stellte sie sich vor. Ich will einen Helden. Antik, von mir aus griechisch. Einen Herkules, der gerade die neunköpfige Hydra erschlagen hat, oder auch Achilles, frisch von der vor den Toren Trojas wütenden Schlacht … Wohlige Wärme stieg in ihr auf, der Vibrator summte in ihrer Hand, sie rieb ihn zwischen ihren Beinen. Oh ja, ein echter Held, der in ihr Schlafzimmer eindringen und sie küssen würde, zärtlich und stürmisch zugleich … Oh, wie feucht sie sein würde und bereit … Sie stellte sich vor, wie er vor ihr stand und ihr die Decke wegzog und sie wild anstarrte. „Du bist schön. Ich will dich. Genau das, was ich nach der Schlacht brauche."

„Nimm mich, ruhmreicher Eroberer", hauchte sie in Gedanken und spreizte die Beine für ihn. Langsam zog er seine Stiefel aus und seine Hose und vergrub den Kopf zwischen ihren Schenkeln. Sie rieb den Vibrator noch heftiger an ihrer Scham. Sie war feucht und bereit, um richtig loszulegen.

„Was ist das hier für ein seltsamer Ort?"

Sie riss die Augen auf und starrte den fremden,

riesigen und furchtbar dreckigen Kerl an, der eine Art Lendenschurz trug und mit unglaublich schlammigen Stiefeln auf ihrem roten, sorgsam gepflegten Hochflor-Teppich stand.

„Was! Wer!", kreischte sie, ließ den Vibrator fallen, der munter auf der Matratze weiterbrummte und riss die Bettdecke hoch bis unter das Kinn.

Der Kerl blieb stehen, wo er stand und musterte sie interessiert. Wer ... Was ... Was sollte das? „Wer bist du? Wie kommst du hier rein?", fuhr sie ihn mit hochroten Wangen an.

„Ich bin Jades", stellte er sich vor. „Und ehrlich gesagt, weiß ich nicht genau, wo ich mich hier befinde und auch nicht, wie ich hierhergekommen bin."

Der Vibrator brummte an ihrem Schenkel. Hastig griff sie danach und wollte ihn ausschalten, wechselte aber stattdessen in den nächsten Modus. Der durchdringende Brummton wich einem kurzen, nervtötenden Stakkato.

Interessiert sah er sie aus zwei unglaublich blauen Augen an. „Was ist das für ein Geräusch?"

Hektisch presste sie den Finger auf den Knopf und das Gerät verstummte. Endlich.

„Ni-nichts", stammelte sie hektisch. „Ga-garnichts. Jades?"

„Zu deinen Diensten." Er verneigte sich knapp vor ihr.

Sie hatte allerdings vor allem Augen für seine schlammigen Stiefel, die ihrem Teppich zusetzten. „Bitte, ziehe dir die Schuhe aus", seufzte sie schwach. „Ich kann das nicht mit ansehen."

„Natürlich, entschuldige." Er stapfte zu dem Stuhl neben ihrem Bett, über dem ihre Kleidung hing, wobei er erst dunkle Abdrücke auf dem Teppich und dann auf dem hellen Laminat hinterließ und setzte sich auf das noch halbwegs frische Kostüm, das sie für den nächsten Tag herausgelegt hatte, aber wohl doch direkt in die Wäsche geben musste, wenn die Flecken überhaupt jemals wieder raushingen, die er darauf hinterlassen mochte. Unbekümmert hockte er auf dem Stuhl, der merkwürdig klein unter ihm aussah, und zerrte an seinem linken Stiefel.

Eine Wolke verschiedener Gerüche wehte zu ihr herüber und ließ sie erst erschauern und dann auch die Nase unter die Bettdecke stecken. Sie identifizierte Schweiß und Metall und Exkremente und da war noch mehr, von dem sie gar nicht nicht wissen wollte, um was es sich handelte.

„Was hast du gemacht, bevor du hierhergekommen bist?", ächzte sie.

„Ich habe gekämpft!" Fröhlich grinsend stellte er den Stiefel auf den Boden und widmete sich dem anderen. „Eine epische Schlacht, eine gewaltige Schlacht, gegen die Kreaturen der Unterwelt und des Feuers. Baumlange Schlangen, geflügelte, mehrköpfige Ungetüme und allen voran Dyos, der Verräter, der all diese Kreaturen gegen uns aufgehetzt hat. Tapfer haben wir uns ihm entgegengestellt und wir waren drauf und dran, zu gewinnen, als ich einen merkwürdigen Schwindel verspürte und hier wieder zu mir kam. Den Walhades habe ich mir allerdings anders vorgestellt." Er blickte sich neugierig um, von ihren Lautsprechern zu ihrem Kleiderschrank und zurück.

Sie verspürte ebenfalls Schwindel. „Tu mir einen Gefallen", murmelte sie. „Nimm deine Stiefel und gehe nach draußen, nimm die erste Tür links und stelle dich unter die Dusche, danach können wir weiterreden."

Seine blauen Augen bohrten sich erneut in die ihren. „Es tut mir leid, ich habe nicht verstanden, was du meinst."

Seufzend erhob sie sich und dachte in letzter Sekunde noch daran, das dünne Laken um sich zu ziehen. Der Vibrator plumpste auf ihr Bett, Jades betrachtete ihn interessiert. „Was ist das?" Er streckte die Hand danach aus.

„Finger weg!", fuhr sie ihn an.

Er zuckte die Achseln.

„Nimm deine Stinkstiefel und folge mir", befahl sie, öffnete die Tür ihres Schlafzimmers und führte ihn durch den Flur ins Badezimmer.

Gehorsam tappte er hinter ihr her.

„Stell die Stiefel in die Ecke und steig in die Duschkabine", grollte sie.

Er stellte die Stiefel ab und blickte sie fragend an.

„Rein da!" Sie wies mit der linken Hand auf die Dusche. Die Decke rutschte ein Stück nach unten und gab den Blick auf ihre linke Brust frei. Hastig bedeckte sie sich wieder, doch natürlich hatte er alles gesehen. „Was für ein liebreizender Anblick." Er lächelte sie an und machte einen Schritt auf sie zu.

Ein Gentleman war er auf jeden Fall nicht. „Du stinkst", fuhr sie ihn an. „Geh dich duschen, hörst du."

Er stand still und schwieg einen Moment. „Ich verstehe", murmelte er betroffen. „Ich werde mir einen Fluss suchen und mich waschen, um deine Nase nicht weiter zu beleidigen."

Sie verdrehte die Augen. „Stell dich einfach unter das Ding da!" Sie deutete auf den Dusch-kopf.

Er runzelte die Stirn, gehorchte aber. Sie langte nach der Armatur und drehte auf. Das Wasser ergoss sich über seinen kraftvollen Körper und über sie und die Bettdecke.

„Verdammt!" Sie trat hastig zurück, erwischte dabei ein Stück der Decke, trat darauf und ent-blößte sich nicht nur weiter vor ihm, sondern stolperte auch noch und wäre gestürzt, wenn er sie nicht geistesgegenwärtig festgehalten hätte. Erneut sahen sie sich in die Augen, doch schnell wandte er den Blick ab und blickte stattdessen staunend nach oben. Das Wasser wurde währenddessen heißer und heißer, wütend schob sie den Temperaturregler zur Seite, was sofort einen Schwall kaltes Wasser zur Folge hatte.

„Verdammter ..." Sie ließ die Decke los, sprang zurück und stand somit splitternackt im Badezimmer. Sichtlich verwirrt ließ er seine Blicke über ihren Körper gleiten, blickte dann wieder zum Duschkopf, von dort zu den Armaturen und anschließend wieder zu ihr. „Du bist wunderschön, Zauberin", hauchte er. „Und dieser Wasserfall ist wirklich ... bemerkenswert."

„Okay", fauchte sie, pflückte das erstbeste Handtuch vom Haken und hielt es sich vor den Körper. Es bedeckte gerade so alles Wichtige, von der Brust bis zu den Oberschenkeln. Solange sie sich nicht bewegte. „Zieh dich aus, ich besorge dir etwas zum Anziehen." Sie drehte sich seitlich und bewegte sich so zur Tür, sodass er nur ihre Hüfte, aber hoffentlich nicht ihren nackten Hintern sehen konnte. Hastig drückte sie die Klinke hinunter und warf einen letzten Blick auf Jades.

Er stand noch immer unter der Dusche und blickte in ihre Richtung, allerdings trug er nichts mehr. Der Lendenschurz lag achtlos in einer Ecke auf dem Boden. Das Wasser leistete bereits ganze Arbeit, es wusch den Dreck und das Blut von seinem Oberkörper und rann über sein stolz geschwelltes, bestes Stück. Alles an ihm war sehr gut gebaut, stellte sie fest und spürte, wie ihr erneut die Röte ins Gesicht stieg. Ich starre ihn an, fiel ihr ein. Entsetzt wandte sie sich ab und wollte nach draußen flüchten.

„Entschuldige", rief er ihr hinterher. „Hast du vielleicht ein Stück Seife? Und ich muss mich wirklich für den Dreck und die Geruchsbelästigung entschuldigen."

Notgedrungen blickte sie erneut zu ihm hin. „Da ist Duschgel hinter dir."

Unbefangen stand er in all seiner Nacktheit da und blickte sich stirnrunzelnd in der Kabine um.

„Die Plastikflasche."

Zögernd griff er nach dem Schwamm und blickte sie fragend an.

„Nein." Ach verdammt. Hastig ging sie zu ihm zurück, während sie mit der linken Hand das Handtuch weiter an ihre Brust presste. „Das grüne Ding", blaffte sie.

Vorsichtig nahm er das Shampoo in die Hand, musterte es intensiv und hielt es ihr hin. Mit zusammengebissenen Zähnen nahm sie ihm die Flasche aus der Hand, stieg zu ihm in die Duschkabine, öffnete den Deckel und tropfte eine ordentliche Menge auf seinen Scheitel. Er roch sofort viel besser, stellte sie fest. „Verteile das mit deinen Händen", befahl sie und er gehorchte, hob die muskulösen Arme und wuschelte sich durch das Haar.

Oh Gott, dachte sie. Ach du großer Gott. Ihr Handtuch wurde nass, ihr Haar wurde nass, doch sie konnte nichts tun als ihn anzustarren, während er sich mit dem Shampoo einschäumte. Sehr lange Zeit.

„Ist das gut so?", unterbrach er ihre Gedanken.

Sie zuckte heftig zusammen. Gott im Himmel. „Du kannst den Schaum auch für deinen Körper nehmen."

„Zeig es mir." Seine Augen bohrten sich in die ihren.

Sie atmete tief durch, dann streckte sie die rechte Hand aus, fischte etwas Schaum von seinen Haaren und verteilte es auf seiner Schulter. Auf seiner unglaublich muskulösen Schulter. Gott, dachte sie. Oh mein Gott. Sie konnte nichts anderes denken.

Mit der linken Hand strich er sich weiter durch das Haar, mit der Rechten pflückte er ebenfalls etwas Schaum und schmierte ihn ihr auf die Schulter.

Sie erstarrte.

„Ist das richtig so?"

„Äh ..."

Er lächelte. „Du bist doch nicht nur hier, um

mich zu waschen, oder?"

„Äh ..." Diese unglaublich blauen Augen ... Jetzt machte er auch noch einen Schritt auf sie zu, legte beide Hände um sie und rieb ihren Rücken ein. Ihre Brüste hätten seine Brust berührt, wenn sie nicht das Handtuch und ihren Arm dazwischengeklemmt hätte. Sie spürte die Härte seines Glieds an ihrer Hüfte, durch das Frottee hindurch. Oh Gott, war nach wie vor alles, was sie denken konnte.

„Willst du das nicht endlich loslassen?" Sanft zupfte er an ihrem Handtuch.

Sie atmete tief durch, dann zog sie ihren Arm nach draußen und er legte seine Arme um sie und presste sie fest an sich. Das Handtuch steckte noch immer zwischen ihnen fest, doch es war bereits ein ganzes Stück nach unten gerutscht. Ihre Brustwarzen rieben über seine Brust, seine Hände legten sich auf ihre Pobacken und kneteten sie, während sie seinen prallen Schwanz sehr deutlich an ihrer Hüfte spürte, allerdings noch immer durch das Handtuch hindurch.

Er roch nicht mehr nach Schweiß, Blut und Dreck, sondern hauptsächlich nach Shampoo, und da endlich übernahm ihr Körper die Kontrolle. Sie schlang die Arme um seinen Hals und saugte an seinem Nacken. Er erschauderte unter ihr, eine seiner Hände strich über ihre Hüfte und verschwand zwischen ihren Schenkeln. Sie stöhnte auf und warf den Kopf in den Nacken, als er seinen Daumen auf ihren Kitzler legte und mit einem weiteren Finger in sie eindrang. Sie war feucht, von vorhin und von jetzt. Er nahm sie mit der Hand und sie schmolz in seinen Armen, während ihre linke Hand über seinen Rücken glitt und sich die andere auf sein Glied legen wollte. Das Handtuch war im Weg, kurzerhand zog sie es zwischen ihnen hervor und ließ es achtlos zu Boden fallen.

Er nahm sie in die Arme, hob sie hoch und wollte sie gegen die Wand drücken. „Ins Schlafzimmer" stöhnte sie. Sex in der Dusche, fand sie, wurde überbewertet.

„Der Weg ist zu weit", keuchte er und stieß weiter seinen Finger in sie.

Da entglitt sie ihm und fiel vor ihm auf die Knie. Sie fasste seinen Schwanz mit den Händen, nahm seine Spitze in den Mund und saugte. Er stöhnte tief. „Warte. Lass."

Sie blickte fragend zu ihm empor.

„Ich möchte dich berühren. Leg dich auf den Boden."

Sie nickte, stand mit zitternden Knie auf, stellte das Wasser ab und wollte sich seinem Griff entwinden, doch er hielt sie fest, sein Finger steckte noch immer in ihr. Sie umklammerte sein Handgelenk, zögernd ließ er ab von ihr. Rasch schlüpfte sie aus der Kabine, legte sich auf den

Badezimmerteppich und spreizte die Schenkel. Er blieb einen Moment lang stehen und knetete seinen prallen Schwanz in der Hand.

„Mach mit mir, was du willst", seufzte sie, da kniete er sich über ihr Gesicht, sie öffnete ihren Mund für ihn und er schob ihr seinen Schwanz in den Mund, allerdings nicht tief, nur ein kleines Stück, da zog er ihn auch schon wieder zurück. Sie fasste ihn mit den Händen, nahm seine Spitze in den Mund und saugte. Er stöhnte tief und schob ihn ihr erneut in den Mund, etwas tiefer, diesmal. Er beugte er sich vor, legte sich halb auf sie und vergrub sein Gesicht zwischen ihren Schenkeln und sie spürte seinen Finger auf ihrer Klitoris. Mit Finger und Zunge bearbeitete er sie geschickt, und sie hätte gestöhnt, wenn sie nicht gleichzeitig an seinem tropfenden Schwanz gesaugt hätte, groß und prall wie kein Schwanz zuvor, aber auch nicht zu groß. Seine Zunge spielte mit ihrer Klitoris und er stieß erneut seine Finger in sie. Sie stellte sich vor, wie es sein mochte, erst seinen Schwanz in sich zu spüren. Der Gedanke war so heiß, er ließ ihr Inneres pulsieren und sie kam zitternd unter seinen Liebkosungen, und während sie sich noch ihrer Lust hingab, ergoss er sich in ihren Mund und sie schluckte seinen heißen Samen in dem Rhythmus, den er ihr vorgab.

Ermattet von ihrer Leidenschaft und dem heißen Wasser blieb sie liegen, während er sich aufrichtete und auf sie hinuntersah, den Blick voll mit Begierde. Sein Schwanz war noch immer prall, als ob sie ihn nicht gerade befriedigt hatte. Er packte sie an den Armen und zog sie auf die Füße, dann nahm er sie in seine Arme und hob sie hoch, als hätte sie kein Gewicht. Sie schlang die Arme um sie und er trug sie aus dem Bad ins Schlafzimmer, wo er sie behutsam auf das Bett niederlegte, genau auf den Vibrator, der sofort zu brummen begann. „Was ist das nur?" Er zog das Gerät unter ihr hervor und hielt es in der Hand.

„Gib her!" Sie versuchte, es ihm aus der Hand zu nehmen, doch er hielt es weiter fest, drehte es in den Händen und roch daran. Großer Gott. Er runzelte die Stirn. „Das riecht ja nach …"

„Ich zeige es dir", murmelte sie und er gab ihr den Vibrator. Sie atmete tief durch, öffnete ihre Schenkel gerade so weit wie nötig und strich damit über ihre Klitoris. Seine Augen wurden groß.

„Dafür ist das?"

Sie nickte. Das tat gut. Sie wusste, sie sollte es ausschalten, aber es fühlte sich einfach verdammt gut an.

„Darf ich?", fragte er und sie seufzte und erlaubte ihm, den Vibrator aus der Hand zu nehmen, ihre Beine weit zu spreizen und sie damit zu berühren. Sie erschauderte vor Lust. Seine Augen waren so groß und staunend, sie stellte fest, dass sie das ungemein erregte. Er traktierte sie mit dem Gerät, als hätte er nie etwas anderes getan und tauchte erneut seine Finger in sie. „Du bist so feucht und offen", murmelte er. „Kann das ... das Ding ..."

Sie stöhnte zustimmend. „Tu es!" Da schob er ihr den Vibrator zwischen die Beine und stieß tief in sie. Sie stöhnte auf, als er sie damit nahm, sie war feucht und bereit und stellte sich vor, dass es sein Schwanz war, der in sie stieß. Vielleicht dachte er dasselbe. Schon zog er den Vibrator wieder heraus und gab ihn ihr in die Hand. Sie drückte lange auf den Knopf und das Gerät verstummte.

„Nimm mich", stöhnte sie und er drehte sie auf den Bauch und spreizte ihre Beine, sie streckte ihm das Gesäß entgegen und er stieß tief in sie. Sie stöhnte lustvoll, als er sich weiter und weiter in sie schob, er war so groß, er füllte sie ganz aus. Einen Moment verharrte er in ihr, zog sich langsam zurück, um erneut tief in sie vorzustoßen. Sie stöhnte und zuckte, während er langsam das Tempo steigerte. Seine Hände lagen auf ihren Pobacken, er krallte seine Finger in ihr Fleisch und stieß unablässig in sie. Kein Mann hatte sie je so ausdauernd und lustvoll gevögelt, nicht lange, und sie kam erneut und schrie ihren Orgasmus heraus. Er ließ sich nicht beirren, sondern nahm sie weiter, ausdauernd, mit seinen kräftigen Stößen, als wäre er nicht gerade frisch vom Schlachtfeld gekommen. Irgendwann drehte er sie auf die Seite und nahm sie so, und dann legte er sie auf den Rücken und vögelte sie weiter, sie stöhnte und schrie und kam erneut und er machte weiter und weiter und weiter. Dieser Moment soll nie enden, dachte sie. Er soll mich so nehmen bis in alle Ewigkeit, vielleicht ist das ja tatsächlich sein Paradies, das er sich durch diese Schlacht verdient hat ...

Sie blickte ihm ins Gesicht. Er hielt die Augen geschlossen. Seine Stirn war leicht gerunzelt, aber er wirkte noch immer frisch, er roch männlich und herb, leicht nach Schweiß, aber so, dass es nicht unangenehm war und noch nach etwas anderem, vielleicht war das auch der Duft ihrer Liebe ...

Das Stirnrunzeln verstärkte sich, seine Hände gruben sich fester in ihre Schultern und er ergoss sich in sie und pumpte seinen Samen in sie, und dann legte er sich auf sie, das Gesicht an ihrer Schulter. Sie strich ihm über den Rücken und er richtete sich auf und sah ihr in die Augen. „Sind wir im Himmel? Ist das Walhades?"

„Vielleicht", lächelte sie.

Er legte sich neben sie und nahm sie in seine Arme, ihr Gesäß lag an seinem Bauch, seine Hände auf ihren Brüsten. „Ich will dich nie wieder loslassen", murmelte er.

„Dann lass mich nicht los", seufzte sie.

Als sie erwachte, war sie allein. Das fühlte sich merkwürdig an. Da fehlte doch etwas. Doch was? Und wo befand sie sich überhaupt? Mühsam setzte sie sich auf und zog sich die dünne Brille, wenn man die Folie so nennen konnte, von ihrem Gesicht. Ach so. Das war ein Love Unlimited Abenteuer gewesen. Aber es hatte sich so echt angefühlt, und sie fühlte sich noch immer so, als ob sie tatsächlich die halbe Nacht von einem Halbgott oder auch einem echten Gott gevögelt worden war ... Was ein Abenteuer. Ein Licht ging an, es wurde allmählich heller und erleuchtete den Raum. Mit einem Lächeln auf den Lippen stand sie auf und zog sich an. War da nicht auch etwas mit einem ziemlich heißen Highlander gewesen? Sie konnte sich allerdings nicht mehr so genau daran erinnern. An Jades allerdings schon. Oh Gott. Sie musste das noch einmal erleben. Sie würde wiederkommen. Das wusste sie jetzt schon. Love Unlimited war einfach der Hammer.

Mehr lesen von Mala Miller

Als eBook sind noch zahlreiche weitere Geschichten erhältlich, darunter:

Lust im Harem
Digital Love
Das Callgirl und der Millionär

und weitere prickelnde Storys